누구나 알지만 아무나 못 하는,

글쓰기 비법

삶을 바꾸는 글쓰기

이 도서의 국립중앙도서관 출판예정도서목록(CIP)은 서지정보유통지원시스템 홈페이지(http://seoji.nl.go.kr)와
국가자료종합목록 구축시스템(http://kolis-net.nl.go.kr)에서 이용하실 수 있습니다.
CIP제어번호: CIP2020045665(양장), CIP2020045668(무선)

누구나 알지만 아무나 못 하는,

글쓰기 비법

삶 을   바 꾸 는   글 쓰 기

| 이상록·이상우 지음 |

| 차례 |

2020년 가을, 우리 모두는 한 번도 경험해 보지 못한 세상에 살고 있습니다. 지난겨울 갑자기 우리 삶에 들이닥친 코로나19 바이러스 때문이죠.

그동안 너무나 당연하다고 생각했던 일상이 이제는 모두 특별한 추억으로 남았습니다. 친구들과 모여 왁자지껄 떠들며 기울이던 맥주 한 잔도, 1년을 계획하고 돈을 모아 큰 맘 먹고 떠나던 해외여행도 언제 다시 가능할지 누구도 장담할 수 없는 세상이 됐습니다. 청명한 가을 하늘과 햇살을 맞으며, 눈을 감고 깊이 심호흡을 해 가을 공기를 한껏 들이마시는 것도 쉽지 않습니다. 항상 마스크를 써야 하니까요. 어느 날 갑자기 우리 앞에 찾아온 단절 앞에서 모두 힘들고 우울한 시간을 버텨 내고 있습니다. 다시 평범한 일상, 이제 와서 생각해 보면 너무나 소중했던 일상으로 하루빨리 돌아가길 바라면서 말이죠.

이른바 '비대면 세상'에 살다 보니 무엇보다 간절하게 떠오르는 말이 있습니다. 고대 그리스의 유명한 철학자 아리스토텔레스가 남긴 "인간은 사회적 동물"이라는 말입니다. 인간은 본성적으로 집단을 이루고 살며, 그러한 집단 안에서 살 때 비로소 행복을 느낄 수 있다는 것이죠. 코로나19로 모든 일상이 변해 버린 상황에서도 사람들은 끊임없이 다른 사람과 소통하고 만나고 싶어 합니다. 직접 만나지 못하면 문자나 전화, 다양한 SNS를 통해서라도 다른 사람과 생각을 나누고 연결되길 원하죠. 코로나19 확산을 막기 위한 사회적 거리두기 단계가 조금만 낮아져도 사람들은 카페로, 식당으로, 야외로 나가 다른 사람과 만나고 소통하려고 합니다. 이런 인간의 '본능적 속성' 때문에 코로나19 바이러스 종식이 더뎌지는 부작용이 있다는 걸 부정할 수 없습니다. 정말로 인간은 사회적 집단 속에서 다른 사람과 소통하며 살아야만 행복을 느낄 수 있다는 아리스토텔레스의 말을 우리는 몸소 체험하고 있습니다.

다소 장황하게 현재 우리 모두가 겪고 있는 불편함과 고통을 언급한 건 이 책이 지금의 비대면 사회에 조금이나마 도움이 될 수 있지 않을까 하는 생각이 들었기 때문입니다. 직접 만나는 게 쉽지 않은 세상에서 다른 사람과 소통할 수 있는 핵심 도구는 '말'과 '글'입니다. 전화를 걸어 대화를 나누고, 글을 써서 주고받으며 소통하는 게 비대면 사회에서는 더 중요할 수밖에 없습니다. 조리 있게 말을 잘하고 효과적으로 글을 잘 쓸 수 있다면, 그만큼 더 잘 견뎌 낼 수 있습니다. 여러 가지로 힘든 상황이지만 말입니다.

이 책은 글쓰기가 왜 중요한지, 글을 잘 쓰는 능력을 갖추면 무엇이 좋은지에 대해 다양한 사례를 들어 설명합니다. 또 누구나 한두 번은 들어 봤을 만한 글쓰기 비법을 유형별로 소개하고 실제로 글을 어떻게 쓰고 고치는지 보여 주고 있습니다. 사실 책의 내용이 복잡하지도, 어렵지도 않습니다. 하지만 이런 비법들을 실제로 익혀 자유자재로 구사하기는 쉽지 않습니다. 그래서 『누구나 알지만 아무나 못 하는, 글쓰기 비법』이라고 책 이름을 지었죠. 왜 그러느냐고요? 그건 읽어 보면 알 수 있습니다. 이 책의 마지막 장을 넘길 때 고개를 끄덕이는 독자가 많길 기대해 봅니다. 글쓰기 능력은 여러분의 삶을 바꿀 수 있습니다. 정말로, 그렇습니다. 이 책이 독자 여러분의 삶에, 다른 사람과의 소통에 작은 도움을 줄 수 있길 바랍니다.

2020년 가을
이상록·이상우

1장

왜, 글쓰기인가?

'21세기 최첨단 디지털 시대에 웬 글쓰기?'

이 책을 선택한 독자라면 적어도 이런 생각으로 이 책의 첫 장을 넘기지는 않았을 것이라고 생각합니다. 하지만 2020년대를 살아가는 지구촌 사람들 가운데 상당수가 '뜬금없이 웬 글쓰기?'라고 생각하지 않을까 싶습니다. 그렇죠. 그럴 만합니다. 손바닥 안에서 모든 걸 할 수 있는 세상입니다. 스마트폰이나 태블릿 컴퓨터 하나만 있으면 실시간으로 거의 모든 일이 가능합니다. 뉴스 보고 동영상을 즐기고, 이메일과 SNS(사회 관계망 서비스)를 활용해 의사소통은 물론 웬만한 업무까지 언제 어디서나 처리할 수 있습니다. 게다가 전 세계 어느 나라와 비교해도 뒤지지 않는 디지털 강국, 전국 어디서나 세계 최고 수준의 품질과 속도를 자랑하는 유무선 인터넷 서비스를 즐길 수 있는 대한민국에서라면 더욱더 그렇죠. 갓난아이 때부터 스마트폰이나 태블릿 컴퓨터와 친한 친구처럼 함께 자라 온 밀레니얼 세대부터 30, 40대 청장년층까지, 아마 대부분의 젊은이가 '도대체 글쓰기가 왜 필요하다는 거야?' 하고 생각할지도 모르겠습니다. 그것조차 아니라고요? 50, 60대도 글쓰기에 별로 관심 없다고요? 음… 그렇군요. 그럴 수도 있겠습니다. 저도 처음부터 글쓰기가 중요하다고 무작정 강요할 생각은 없습니다. 하하.

사실 많은 사람이 딱히 고민 고민 해서 글을 쓰려 노력을 하지 않더라도 살아가는 데 큰 지장이 없다고 생각합니다. 실제로 그런 면도 있고요. 글쓰기라는 건 소설가나 수필가, 전문가나 교수, 기자, 학원 강사나 교사 등 특정 분야의 사람들에게 필요한 '밥벌이 기술' 아니냐고 되물을 수도 있겠습니다. 그렇죠. 뭐 실제로 그렇습니다. 그런데 말입니다. 여기서 조금만 더 곰곰이 생각해 봅시다. 정말 글쓰기는 소설가, 수필가, 교수, 기자, 교사, 강사 같은 이들에게만 필요한 기술 혹은 능력일까요? 정말 여러분은 살면서 글쓰기 능력이 필요했던 적이 없었나요? 글을 잘 쓰는 능력이 당신의 월급이나 수익을 크게 늘려 줄 수 있다거나, 승진이나 취업, 좋은 직장으로의 이직, 혹은 또 다른 성공의 열쇠가 될 수 있다고 제가 주장한다면 황당한가요? 당신의 생각도, 말도, 책 읽기도 심지어 외국어 회화 능력까지도 모두 당신의 글쓰기 능력과 밀접한 관련이 있다고 한다면 어떤가요?

지금부터 저는 모두가 알고 있지만 사실은 그 누구도 잘 모르는 글쓰기의 비밀에 대해 이야기하려고 합니다. 뭐 사실 약간 과장일 수는 있습니다. 이미 글쓰기의 비밀을 알고, 터득해 잘 먹고 잘사는(혹은 행복한 삶을 누리는) 사람도 꽤 있으니까요. 하지만 여전히 대부분은 이 비밀을 잘 모르고 있다고 생각합니다. 또는 알더라도 습득하지 못했고요. 근거가 뭐냐고요? 지금까지 제가 살아오며 겪은 수많은 경험이 그 근거입니다. 저는 15년 동안 신문 기자로 일하며 매일 치열하게 취재하고 마감 시간에 쫓기며 기사를 썼습니다. 또 방송국 프로듀서(PD)로 직업을 바꿔 8년 동안 다큐멘터리와 토크 쇼, 인포테인먼트(infotainment) 프로그램 등 다양한 교양 프로그램을 기획하고 제작하는 일을 했습니다. 제 분야의 전문성을 더 키우고 싶은 마음에 언론학을 공부해 박사 학위도 받았습니다. 회사를 휴직하고 박사 과정에 있던 시절엔 몇몇 대학에서 글쓰기 강의도 하고 언론고시반 학생들을 가르치기도 했습니다. 기자 시절, 7년 동안 매일 새벽 영어 회화 학원을 다닌 끝에 영어 회화를 마스터하기도 했죠. 물론 원어민 수준의 발음과 억양은 아닙니다. 외국인과 스스럼없이 영어로 대화할 수 있을 정도라고 해 두겠습니다. 글쓰기가 중요하다는 둥 하더니 갑자기 웬 자랑질이냐고요? 그렇게 느꼈다면 죄송합니다. 그럴 의도는 없었습니다. 다만 제 경력이 제가 이야기하려는 글쓰기의 중요성을 강조하는 데 꽤 중요한 근거로 등장할 수밖에 없기 때문에 미리 언급해 두는 것입니다.

기자로 일하면서 글을 잘 쓰기 위해 누구보다 노력했고, 어떤 글이 좋은 글인지 끊임없이 고민했습니다. PD로 일하면서는 프로그램에 의미 있는 메시지를 자연스럽게 담아 시청자들이 공감하고 고개를 끄덕일 수 있도록 항상 노력했습니다. 대학에서 글쓰기 강의를 할 때도 가장 중점을 두고 고민한 부분이 어떻게 하면 학생들이 짧은 시간에 좋은 글쓰기 능력을 갖출 수 있을까였습니다. 다소 장황하게 제가 살아온 20여 년 동안의 이력을 늘어놓은 건, 제 경력이 대부분 직간접적으로 '글쓰기'와 관련이 있고, 그러한 과정을 통해 글쓰기가 정말 중요하다는 것을 뼈저리게 느꼈기 때문입니다. 모든 사람이 결국은 자기가 알고 느끼는 만큼, 경험한 만큼 생각하고 이해하며 살아갑니다. 저 역시 그렇고요. 20여 년 동안 제가 일하고, 사회생활을 하며 느끼고 경험한 것들 가운데 가장 중요한 깨달음이 바로 '글쓰기는 정말 중요하다!'라는 것입니다. 그래서 지금 이 책을 쓰고 있는 것이지요.

그럼 지금부터 본격적으로 왜 글쓰기가 중요한지 이야기하도록 하겠습니다. 정색하고 독자 여러분을 '설득'하려고 하니 많이 떨립니다. 제 주장에 고개를 끄덕이기보다 공감하지 못하겠다면서 책을 덮고 떠날까 두렵기도 하고요. 하지만 뭐, 앞서 말한 것처럼 제가 경험하고 느낀 것들을 바탕으로 최대한 논리적으로, 설득력 있게, 제 주장을 펼쳐 볼까 합니다. 그에 대한 판단은 어차피 독자들의 몫이니까요. 자, 그럼 시작합니다!

우리는 왜 글을 쓰는가

사람들은 왜 글을 쓸까요? 글쓰기가 중요한지 그렇지 않은지 얘기하려면 사람들이 도대체 왜 글을 쓰는지부터 얘기를 시작하는 게 좋겠습니다. 여러분은 왜 글을 쓰나요? 글쓰기의 종류를 한번 생각해 볼까요? 다양한 글쓰기가 있습니다. 블로그나 이메일, 다양한 SNS는 물론 수많은 인터넷 콘텐츠에 다는 누리꾼의 댓글도 모두 글쓰기입니다. 기사나 소설, 수필, 시, 칼럼, 손 편지 등도 전통적인 의미의 글쓰기죠. 회사에서 업무에 필요한 보고서나 발표 자료, PD가 새로운 프로그램을 만들기 위해 쓰는 기획서, 대학생이 교수에게 제출하는 보고서도 역시 글쓰기입니다. 경쟁을 거쳐 사업이나 일감을 따내기 위해 광고주나 의뢰인 등을 설득하려고 만든 프레젠테이션 자료도 마찬가지죠. 이렇게 늘어놓고 보니 참 다양한 형태의 글쓰기가 존재하네요. 그런데 이렇게 다양한 형태의 글쓰기에는 어떤 공통점이 있습니다. 그게 뭘까요?

저는 '상대방(혹은 대중)에게 전달하고 싶은 내용을 문자로 정리한 것'이라고 생각합니다. 여기서 전달하고 싶은 내용이란 내 생각이나 주장일 수도 있고, 어떤 사실이나 내용을 정리한 것일 수도 있습니다. 때로는 글쓴이의 상상이나 아이디어, 감성 등이 담긴 것일 수도 있겠죠. 하지만 어떤 종류의 글이라고 해도 결국은 글을 읽는 사람에게 전달하고자 하는 '무언가'가 글에 담겨 있는 게 일반적이죠. 보통 이 '무언가'를 우리는 '메시지'라고 부릅니다. 정리하자면 모든 글은 그 내용이나 형식이 어떻든 간에 '글을 읽는 사람에게 전달하고 싶은 내용 혹은 메시지를 담아 문자로 정리한 것'이라고 할 수 있겠습니다. 그렇다면 어떻게 해야 내가 전달하고 싶은 내용이나 메시지를 효과적으로 잘 전달할 수 있을까요? 제가 기업을 취재하던 경제부 기자 시절, 한 취재원에게서 들었던 에피소드에서 그 실마리를 찾을 수 있습니다.

"이 기자, 오랜만이네. 요새 사무실 분위기가 영 안 좋아서 연락도 못 했어. 미안해."

꽤 친하게 지내던 모 대기업 간부를 찾아갔더니 한숨부터 내쉬는 겁니다. 당연히 무슨 일일까 궁금했죠.

"네, ○ 부장님. 그동안 서로 좀 뜸했네요. 뭐 안 좋은 일 있으세요?"

제 질문이 끝나기가 무섭게 ○ 부장은 '하소연'을 시작했습니다.

"이 기자, 뭐 이건 기삿거리도 아니고 그냥 서로 친하니까 하소연이라고 생각하고 그냥 들어. 회사 사람들한테는 뭐 창피해서 얘기하기도 좀 그렇고 해서……."

"네, 그럼요. 하하. 무슨 일이신데요?"

"아니, 뭐 다른 건 아니고. 이 기자도 알지? 얼마 전에 우리 부서 임원이 새로 왔잖아. ○ 상무님. 근데 이분이 너무 깐깐해서 나도 그렇고, 다른 부서원들도 그렇고, 다들 너무 힘들어. 요새."

"왜요? 뭘 그렇게 깐깐하게 하시는데요?"

"○ 상무님이 온 지 지금 두 달 정도 지났는데, 새로 왔으니까 여기 업무를 먼저 파악해야 하잖아. 그래서 분야별로 업무 보고를 받는데, 뭐 보고를 할 때마다 사람들을 힘들게 해. 우리는 우리 나름대로 야근까지 해 가면서 충실하게 내용을 준비해 가는데, 가져가면 보고서를 제대로 쳐다보지도 않고 뭐라고 하는 줄 알아? '그래서 이걸 한마디로 하면 뭡니까?' 이러는 거야. 아니 업무 보고 내용을 어떻게 한마디로 설명하느냐고."

하소연을 하다가 그때 생각이 났는지 어느새 ○ 부장의 얼굴이 붉어졌습니다. 저는 잠시 생각하다 다시 물었죠.

"그러게요. 그건 좀 ○ 상무님이 심한 것 같네요. 근데 다짜고짜 한마디로 설명하라고만 하지는 않았을 것 같은데 그 뒤에 어떻게 됐어요?"

"뭐 나도 그렇고 다른 부장들도 그렇고 다들 황당해하니까 나중엔 이러더라고. 한마디로 설명하는 게 어려우면 부서별로 업무 보고를 A4 한 장으로 다시 요약해 오라고. 근데 뭐 이것도 말이 안 되잖아. 아니 수십 장이나 되는 내용을 어떻게 한 장으로 요약하느냐고."

그날의 만남은 변변한 조언이나 도움도 주지 못한 채 ○ 부장의 하소연을 들어 주다가 끝나고 말았습니다. ○ 부장으로선 그래도 답답한 심정을 누군가에게 털어놓았다는 것만으로도 스트레스가 조금은 풀리지 않았을까 생각해 봅니다. 그런데 지금 제가 이 이야기를 꺼낸 건 왜일까요? 사실, 십수 년 전 젊은 경제부 기자로 ○ 부장을 만나 이 이야기를 들었을 땐 저도 ○ 부장의 불만에 상당 부분 고개를 끄덕였습니다. 새로 온 ○ 상무라는 사람이 참 이상한 방식으로 부하 직원들을 괴롭히는구나 하고 생각하기도 했고요. 그런데 지금은 이런 생각이 들기도 합니다.

'그때 ○ 부장은 업무 보고를 할 때 어떤 글쓰기를 했을까? ○ 상무에게 전달하려는 내용이나 메시지를 효과적으로 잘 담아서 썼을까?'

지금 생각해 보면 당시 ○ 부장은 효과적인 글쓰기에 실패했던 게 아닌가 합니다. 그 뒤로 ○ 부장이 A4 용지 한 장에 업무 보고 내용을 잘 요약해 ○ 상무에게 보고했는지, 요약한 보고 내용에 ○ 상무가 만족했는지는 듣지 못했습니다만 ○ 부장이나 다른 직원들은 아마도 몇 차례씩(혹은 그 이상일 수도 있겠습니다) 더 이 문제로 곤욕을 치르지 않았을까 싶습니다. 사람이란 게 그렇게 쉽게 변하지는 않으니까 말이죠. 저는 ○ 상무가 직원들을 무작정 괴롭히는 이상한 사람인지, 글쓰기 비법을 터득한 뒤 그걸 전수해 주려고 한 사람인지 알지 못합니다. 하지만 그가 언급했던 '한마디 설명'과 'A4 용지 한 장'은 제가 그 뒤로도 여러 차례, 여러 사람에게 각기 다른 상황에서 들었습니다. 물론 좋은 글쓰기와 관련해서 말이죠.

그리고 지금은 저 역시 이 두 표현을 종종 사용합니다. 그 이유는 간단합니다. 우리가 글을 쓰는 이유로 돌아가 생각해 보면 됩니다. 우리는 다른 사람에게 어떤 사실이나 생각, 감성 등을 효과적으로 전달하기 위해 글을 쓰는데, 그러려면 짧고 쉽고 명확하게 쓸 줄 알아야 합니다. 물론 소설이나 시 같은 창작의 영역에 있는 글쓰기는 때에 따라서는 이런 원칙에서 벗어날 수도 있습니다. 하지만 큰 덩어리로 보면 이런 글쓰기조차도 글쓴이가 전달하려는 메시지를 읽는 사람에게 분명하게 전달하려면 많은 부분이 명확하고 쉬워야 합니다. 결국 ○ 상무가 얘기한 '한마디 설명'과 'A4 용지 한 장'은 핵심만 간추린 내용으로 쉽고 명확하게 글을 써서 보고하라는 뜻이 아니었나 싶습니다. 그 뒤에 들은 이야기지만 국내 굴지의 모 대기업 회장은 실제로 모든 보고서를 A4 용지 한 장이 넘어가지 않게 정리해 보고하라고 사장단에 지시한다고 합니다. 아무리 복잡하고 긴 내용이라도 결국 핵심을 찾아내 온전히 이해하면 짧고 쉽게 쓸 수 있다는 게 그 회장의 생각이라는 것이죠. ○ 상무도 그 회장의 보고 방식을 어디선가 전해 듣고 벤치마킹한 것일까요?

글쓰기가 곧 말하기다?

　그런데 짧고 쉽게 글을 쓰는 게 생각만큼 간단치 않습니다. 그건 직접 해 보면 금방 알 수 있습니다. 뭐가 어떻게 간단치 않은지는 실제 사례를 들어 글쓰기 능력을 살피는 3장에서 자세히 들여다보겠습니다. 여기서는 조금 다른 관점으로 시작해 보려고 합니다. 바로 이겁니다.

　글 잘 쓰는 사람이 말도 잘한다. 하지만 말을 잘한다고 글을 꼭 잘 쓰는 건 아니다.

　어떻습니까, 여러분? 이 말에 동의하나요? 뭐, 고개를 끄덕이는 이도 있고 '뭔 소리야?' 하는 이도 있을 겁니다. 제 경험을 하나 소개하겠습니다. 앞서 언급했던 것처럼 저는 기자 생활을 하던 2000년대 초반 '영어 회화 정복!'이라는 원대한(?) 꿈을 품고 7년 동안 새벽에 영어 회화 학원을 다녔습니다. 그렇게 독하게 마음먹은 계기는 좀 엉뚱했습니다. 취재를 위해 떠났던 한 해외 출장이 그 계기였죠. 당시 신문, 방송 등 언론에 많이 등장하며 유명해진 M 영어 학원이 중국 베이징에서 '한중일 청소년 영어 말하기 경시대회'를 개최했는데 이 행사 취재를 위해 제가 동행했거든요. 당시 행사의 공식 언어는 당연히 '영어'였는데, 그때까지 해외 체류 경험도 없고 영어 회화도 사실상 포기하고 살아온 저는 행사 기간 내내 거의 '말할 줄 모르는 사람'처럼 행세를 하다가 자괴감에 빠져 영어 회화를 배워야겠다는 굳은 결심을 했죠. 하여튼 이런 사연으로 서울 강남역의 영어 회화 학원을 찾아 레벨 테스트(level test)를 받고 회화 공부를 시작했습니다.

당시 저는 아침 일찍 출근해 10여 개 조간신문과 통신, 방송 등의 기사를 체크하고 새로운 사실이 있으면 사실 여부를 확인해 회사에 오전 9시 무렵까지 보고해야 하는 사회부 법조 출입 기자(법원, 검찰, 변호사 업계 등을 취재하는 기자)였기 때문에 학원에 다닐 수 있는 시간은 새벽뿐이었죠. 오전 6시 30분부터 7시 20분까지가 제가 학원에 갈 수 있는 시간이었습니다. 지금 생각해 보면 어떻게 그 시간에 다녔나 싶기도 합니다만, 한편으로는 그렇게라도 다니길 잘했다는 생각도 듭니다. 스스로 대견하기도 하고요.

앗, 죄송합니다. 당시를 회상하다 보니 이야기가 샛길로 샜습니다. 이건 좋은 글쓰기가 아닌데……. 죄송합니다. 하하. 그럼 다시 본론으로 들어가겠습니다. 제가 다니던 영어 회화 새벽반에는 일고여덟 명 정도가 수강 등록을 했습니다. 몇 개월 다니다 보니 거의 같은 사람들이 그 시간에 오더군요. 일단 시작 시간이 너무 이르다 보니 새로운 수강생이 등록하더라도 한두 달도 버티지 못하고 다른 시간대로 옮기거나 포기하는 경우가 많았습니다. 정원은 12명이지만, 빠지지 않고 매일 오는 사람은 서너 명에 불과했습니다(저도 그 가운데 한 명이었죠). 지금은 그 서너 명 가운데 한 명이던 A 씨 이야기를 하려고 합니다. A 씨는 제가 학원에 처음 등록할 당시에도 이미 2년 넘게 새벽 영어 회화반을 다니고 있었습니다. 그런데 영어 회화를 썩 잘하는 편은 아니었죠. 왜 그랬을까요? A 씨가 영어 회화를 할 때 가장 많이 쓰는 표현은 이런 것들입니다.

"What I mean……", "In other words……", "It means that……".

어떤 공통점이 있을까요? 네, 그렇습니다. 모두 부연 설명, 앞에서 한 말을 다시 설명할 때 쓰는 표현입니다. 영어 회화반에 다녀 본 사람이라면 다 알겠지만 한 시간 수업(실제로는 45분 전후죠)에서 수강생 각자가 영어로 말할 수 있는 시간은 그리 길지 않습니다. 수강생이 여덟명(많으면 12명까지도 됩니다)이라고 해도 수업 시간을 산술적으로 나누면 기껏해야 1인당 5분 남짓이죠. 이건 회화 선생님이 말하는 시간은 포함하지 않은 것이니 실제 회화 선생님이 이야기하는 시간과 수업 진행하는 시간을 빼면 수강생 한 명이 말할 수 있는 시간은 길어 봐야 3, 4분이라고 봐야 할 겁니다. 그런데 A 씨는 어떤 상황을 설명할 때 항상 했던 말을 또 하고, 그 말을 또 길게 부연 설명을 하는 방식으로 이야기하는 스타일이었죠. 결국 시간 내에 자신이 하고 싶은 말도 제대로 하지 못하고 시간만 허비할 때가 많았습니다. 예를 들면 이런 겁니다.

회화 강사   Good morning Everyone! How was your weekend? How about you(모두 좋은 아침이에요! 주말은 어떻게들 보내셨어요? A 씨부터 얘기해 볼까요)?

A 씨	Good. I got up early and I ate some bread for my breakfast and I took a shower. What I'm saying I was preparing for my going out. After that I······(좋았어요. 아침에 일찍 일어나서 아침을 먹고 샤워를 했어요. 제 말은 외출 준비를 했다는 거예요. 그리고 나서······).
회화 강사	OK, OK. So, what did you do yesterday?(네, 좋아요. 그래서 어제 뭘 한 거예요)?
A 씨	I want to go shopping last week, but I have no time to do that because of my work. I mean I was so busy in my work. But I have enough time on last Sunday, so I think that I can go shopping so I······(전 지난주에 쇼핑을 가고 싶었는데 일이 바빠서 시간이 별로 없었어요. 제 말은 직장에서 바빴다는 거예요. 하지만 지난 일요일엔 시간 여유가 있어서 저는 쇼핑을 갈 수 있겠다고 생각했어요. 그래서 저는······).
회화 강사	OK, I know, you went shopping. Thanks. Next, how about you(아, 네, 좋아요. 쇼핑했군요. 고마워요. 다음 분, 주말 어떻게 보냈어요)?

사실 이 대화를 간단히 줄이면 딱 두 문장이죠. '주말에 뭐 했니?' '쇼핑했어' 이렇게요. A 씨의 장황한 설명은 사실 이 대화에서 필요 없습니다. 오히려 A 씨가 회화 강사의 물음에 '난 쇼핑했어'라고 바로 대답했더

라면 훨씬 다양한 이야기를 할 수 있었을 겁니다. 새벽에 같은 학원 같은 반에 계속 다니다 보니 A 씨와도 몇 차례 이야기할 기회가 있었습니다. A 씨의 고민은 다들 예상하는 것처럼 '아무리 노력해도 영어 회화가 늘지 않는다'는 것이었습니다. 몇 년을 다녀도 항상 제자리고, 하고 싶은 말을 제대로 하지 못한다는 거였죠. 전 가장 큰 이유가 A 씨의 '말하는 방식'이라고 생각했습니다. 물론 직설적으로 조언하긴 어려워 드러내 놓고 말하지 못했지만요. 실제로 A 씨는 우리말을 할 때도 한 말을 반복하고 핵심부터 말하기보다는 큰 관련이 없는 일부터 하나씩 늘어놓는다는 사실을 깨달았습니다. 그래서 저는 A 씨가 언짢아하지 않을 정도로 에둘러서 이렇게 얘기했습니다.

음……. 평소에 주변 사람들과 어떤 주제로 이야기하시고 나서 나중에 시간 날 때 말씀하신 내용을 글로 정리하는 연습을 좀 하면 어떨까 싶어요. 그 대화가 영어든 우리말이든 간에요. A 씨는 말씀하실 때 많은 상황이나 내용을 짧은 시간에 설명하려고 하셔서 약간 무리가 생기는 것 같아서요. 대화라는 게 어떻게 보면 서로 리듬을 맞추며 주고받아야 원활한 건데, 한 사람이 너무 길게 말하거나 상대방이 듣고 싶은 내용에서 조금 벗어나 장황하게 말하면 흐름이 끊길 수 있거든요. 뭐, 제 말씀이 꼭 정답은 아니겠지만 한번 시도해 보세요.

그 뒤에도 A 씨는 꾸준히 학원을 다녔습니다만 회화 실력은 그다지 늘지 않았던 것으로 기억합니다. 왜 그랬을까요? 제 조언에도 A 씨의 말하는 방식이 좀처럼 바뀌지 않더라고요. 역시 사람이 뭔가 오랫동안 해오던 것을 바꾸는 게 쉬운 일은 아닌가 봅니다. 그게 A 씨가 바꾸려고 노력했는데도 안 되는 것인지, 아니면 처음부터 별 노력을 하지 않았던 것인지는 잘 모르겠습니다. A 씨의 사례는 어떻게 보면 일부에 불과할 수도 있고 한 개인의 사례일 수도 있습니다만, 실제로 글을 잘 쓰는 사람은 대부분 말도 조리 있게 잘합니다. 저는 20년 넘게 신문 기자와 방송국 PD로 생활하면서 수도 없이 많은 사람을 인터뷰했는데 그 경험에 비추어 봐도 그렇습니다. 사실 제 개인적으로는 '생각이 말이고, 말이 글이다'라는 철학을 갖고 있습니다. 생각하는 대로 말하고, 말하는 대로 쓴다는 뜻이죠.

물론 이 주장의 전제는 '글을 잘 쓰는 사람'은 그렇다는 것입니다. 모든 사람이 생각하는 대로 조리 있게 말하고, 이를 정확하게 글로 표현한다는 얘기가 아니죠. 그런 의미에서 글쓰기는 사실 그 무엇보다 중요합니다. '생각 = 말 = 글쓰기'의 공식이 성립한다면 대화나 토론, 면접, 프레젠테이션, 강의, 발표 등 다양한 능력을 키우는 데도 글쓰기가 중요하다는 뜻이 됩니다. 아니, 사실은 글쓰기가 전부라고 해도 과언이 아닙니다. 제 경험에 따르면 말이죠. 하지만 뭐 이 시점에서 제 말에 100% 수긍할 사람은 많지 않을 것 같습니다. 그런 이들이 이 책을 다 읽고 나서 고개를 끄덕이도록 하는 게 제 목표이기는 합니다만.

그 누구라도 노력 없인 절대 잘 쓸 수 없다

그런데 앞서 얘기한 것처럼 말을 잘한다고 해서 다 글을 잘 쓰는 건 아닙니다. 말을 조리 있게 하지 못하는 사람보다 말을 잘하는 사람이 글을 잘 쓸 확률이 높긴 하지만 말입니다. 이게 무슨 뜻일까요? 말을 잘하더라도, 글을 잘 쓰려면 노력과 훈련이 반드시 필요하다는 겁니다. 그래서 결국 글쓰기 능력이 필요한 것이죠. 대중 앞에서 말을 자연스럽게 잘하는 정치인들도 중요한 연설은 대부분 따로 팀을 꾸린 뒤 원고를 미리 작성하고 이를 토대로 말하는 것도 그런 이유입니다. 글쓰기는 노력 없이 얻을 수 있는 능력이 아니기 때문에 전문가에게 맡기는 거죠. 유명인들이 자신의 자서전이나 회고록을 쓸 때 대필 작가를 쓰는 것도 같은 이유입니다. 자신이 살아온 이야기, 독자에게 하고 싶은 이야기를 글쓰기 전문가에게 들려주면, 대필 작가가 글을 조리 있게 역동적인 이야기로 만들어 쓰는 것이죠.

일반적으로 잘 알려져 있지 않지만 '그림자 작가(shadow writer)'라는 직업도 있습니다. 이건 또 뭘까요? 예를 들면 이런 겁니다. 요새 대부분의 기업이 블로그나 인스타그램, 페이스북 등 SNS를 활용해 제품이나 서비스를 홍보합니다. 거기 들어가면 다양한 콘텐츠를 만날 수 있습니다. 특정 제품의 사용 후기부터 서비스 이용 후기, 상품이나 서비스 설명 등이 대부분이죠. 증권 회사나 은행 등은 SNS를 통해 예금이나 펀드 등 자신들의 금융 상품을 설명하기도 하고, 투자할 때 필요한 세금이나 정책 정보 등도 알기 쉽게 정리해 올려놓기도 합니다. 그런데 이런 콘텐츠는 대부분 해당 기업에서 작성하는 게 아니라, 글쓰기를 잘하는 그림자 작가들을 고용해 쓰는 경우가 많습니다. 해당 기업에서는 글쓰기에 필요한 내용을 그림자 작가에게 건네주고 '이런저런 내용을 중심으로 이런 메시지를 담아서' 써 달라고 콘텐츠에 담길 내용과 메시지를 미리 알려 주는 식이죠.

주요 신문사 지면에 가끔 실리는 외국계 컨설팅 회사 임원들의 칼럼도 그림자 작가들이 대필하는 대표적인 콘텐츠 가운데 하나입니다. 이 역시 홍보 대행사 등이 그림자 작가를 고용해 원하는 방향과 내용을 콘텐츠에 담도록 하는 겁니다. 이렇게 여러 분야에서 글쓰기 능력자를 찾는 이유는 단순합니다. 글을 잘 쓰는 능력을 갖추는 게 쉽지 않기 때문이죠. 제가 기자 생활을 할 때 가끔 각 분야 전문가들로부터 신문 칼럼을 기고받은 적이 있습니다. 신문에 특정 사회 이슈에 대해 자신의 의견과 주장을 담아 기고할 정도의 인물이라면 대부분 석·박사 이상의 학위와 관련 분야 경험도 수십 년씩인 경우가 대부분이죠. 그런데도 웃지 못할 상황이 종종 발생합니다.

이 기자   네, 네. 박사님, 맞습니다. 말씀드린 대로 주제는 '사형제 유지냐, 폐지냐'이고요. 여기에 대한 교수님의 의견과 주장, 근거를 담아서 자유롭게 쓰시면 됩니다. 분량은 200자 원고지로 10장입니다(신문사에서는 글의 분량 계산을 200자 원고지를 기준으로 합니다).

교수   아, 네. 알겠습니다. 그런데 그런 심오한 내용을 고작 원고지 10장에 어떻게 담을 수 있습니까? 조금 더 써도 되겠죠?

이 기자   네? 아, 네, 네. 알겠습니다. 그럼 그렇게 해 주세요. 다음 주 화요일까지 보내 주시면 됩니다.

마감 당일

이 기자   헉! 이게 뭐야. 원고지 10장으로 써 달라고 했는데 25장을 써서 보내면 어떻게 해. 논문이야 뭐야. 그리고 이거 뭐 읽어 봐도 그래서 사형제를 유지해야 한다는 건지, 폐지하자는 건지 알 수가 없네. 아, 미치겠네.

(한참을 고민하던 이 기자는 교수에게 전화를 건다)

아, 교수님! 보내 주신 원고 잘 받았습니다. 네, 네. 좋은 내용 감사합니다. 그런데 이게요, 처음에 말씀드렸던 것처럼 분량을 원고지 10장으로 줄여야 해서요. 네, 네. 바쁘실 테니까 저희가 교수님 취지에 맞게 잘 줄여 보겠습니다. 그런데 교수님, 그러니까 이게 사형제를 유지해야 한다는 주장이신 거죠? 네? 반대라고요? 아, 네. 제가 지식이 짧아 오해했나 봐요. 그럼 죄송한데 핵심적

시트콤 같은 이야기지만 실제로 기자 생활을 할 때 꽤 자주 있었던 일이었음을 이제는 말할 수 있습니다. 이렇게 전문가라고 해도 자신의 주장을 글로 잘 쓰는 일은 쉽지 않습니다. 정확하게 말하면 짧고, 쉽게, 잘 쓰는 일이 정말 쉽지 않죠. 어떤 분야의 전문가일수록 뭔가 설명하고 주장할 때 짧고 쉽게 쓰는 건 불가능하고, 바람직하지도 않다고 주장하는 사람이 많은데 그건 변명에 불과하다는 게 제 생각입니다. 정말 깊고 정확하게 내용을 아는 사람은 짧고 쉽게 설명해, 내용을 모르는 사람도 이해할 수 있습니다. 정말 그렇습니다. 청중이 감동하는 유명한 연설들도 찬찬히 들여다보면 문장이 모두 짧고 간결하지만 울림이 있습니다. 복잡하고 어렵고 길게, 장황하게 쓴다고 해서 그 울림이 커지지는 않습니다. 오히려 줄어드는 경우가 더 많죠.

머릿속에서 무슨 생각을 하든 그건 자유입니다. 생각한 것, 느낀 것, 주장하고 싶은 것을 말로 하는 것은 사람마다 차이는 있지만, 어느 정도는 다 표현할 수 있죠. 하지만 이걸 글로 쓰는 건 좀 다른 이야기입니다. 물론 누구나 다 글을 쓸 수 있지만 그 질적인 차이는 우리가 상상하는 것 이상으로 큽니다. 그리고 그 격차는 작게는 여러분의 사회생활이나 회사 생활의 성공을, 크게는 사회적 성공까지 꽤 많은 것을 좌우할 수 있습니다. 지금 제가 여러분에게 글쓰기가 중요하다고, 생각하는 것보다도 훨씬 더 중요하다고 입에 침이 마르게 강조하고 있는 이유가 거기에 있습니다. 그리고 이러한 글쓰기 능력은 절대 하루아침에 얻을 수 없습니다. 끊임없는 노력과 실패, 어두컴컴한 터널을 지나 결국엔 빛으로 나가는 그 시간까지 참고 견뎌야만 얻을 수 있습니다. 그럴 만한 가치가 있느냐고요? 있습니다, 확실히. 단언컨대 말이죠.

글쓰기를 잘하면 무엇이 좋은가

중고등학생 시절, 수학이나 영어 공부를 하다 보면 해도 해도 실력이 더 나아지지 않는 듯한 슬럼프가 오기도 하죠. 공부는 더 열심히 했는데 성적은 제자리거나 오히려 떨어지는 그런 상황 말입니다. 이런 벽에 부딪히면 다들 낙담하고 포기하고 싶죠. 누구라도 그렇습니다. 하지만 여기서 포기하지 않고 '그래, 누가 이기나 한번 해 보자!' 하는 심정으로 더 열심히 이를 악물고 파고들면 어느 순간(어떤 사람은 한두 달일 수도 있고, 또 누군가에겐 6개월, 1년일 수도 있긴 합니다) 성적이 눈에 띄게 오르고, 그 후에는 크게 변화 없이 우수한 성적을 유지하는 단계에 오릅니다. 저는 이때를 개인적으로 '양질 변화의 순간'이라고 이름 지었습니다. 액체인 물이 100도가 넘으면 끓어서 기체가 되는 것처럼 우리의 실력도 성실한 노력이 쌓이면 임계점을 지나 한 단계 위로 올라서는 과정을 거친다고 생각했습니다. 영어 회화나 수영, 테니스, 골프 같은 운동들도 이와 비슷한 과정을 거쳐 실력이 향상됩니다.

저는 글쓰기 능력도 공부나 운동처럼 '양질 변화'의 과정을 거쳐야만 얻을 수 있다고 생각합니다. 그리고 이렇게 노력해 글쓰기 능력을 갖추면, 모든 면에서 유리한 위치를 차지할 수 있습니다. 글쓰기를 잘하면 무엇이 좋은가? 한마디로 말하면 '누구보다 효율적인 사람이 될 수 있다'입니다. 이게 무슨 말일까요? 지금부터 천천히 풀어서 이야기해 보겠습니다.

앞에서도 조금씩 언급했지만 글을 잘 쓴다는 것은 자신의 생각이나 주장, 하고자 하는 말이나 메시지 등을 짧고, 쉽고, 명확하게 글로 정리할 수 있다는 뜻입니다. 바꿔 말하면 글을 통해 내가 전하고자 하는 메시지를 군더더기 없이 빠르고 정확하게 효율적으로 전달할 수 있다는 것이죠. 글쓰기 능력을 제대로 갖추지 못한 사람들이 며칠씩 혹은 그 이상 걸려서 처리할 내용을 하루 혹은 불과 몇 시간, 더 짧게는 전화나 문자 한두 통으로 해결할 수 있다는 겁니다. 실제로 다양한 사람과 일하다 보면 그들의 글쓰기 능력 수준에 따라 처리해야 하는 일의 진행 속도도 크게 달라지는 것을 알 수 있습니다. 어떤 사람과는 짧은 전화 통화나 이메일 한두 번만으로 처리할 수 있는 일이 또 다른 누군가와는 며칠씩 걸리는 경우가 생깁니다. 왜 그럴까요?

글쓰기 능력을 갖췄다는 것은 사실 다른 사람과의 의사소통, 그러니까 커뮤니케이션 능력이 수준급에 올라 있다는 뜻이기도 합니다. 단순히 글만 잘 쓰는 게 아니라, 상대방의 말이나 글도 잘 듣고 이해한다는 것이죠. 내가 할 말만 잘한다고 커뮤니케이션이 원활한 것은 아닙니다.

상대방이 무슨 말을 왜 하는지 정확히 이해하고 거기에 맞게 대답 혹은 대응을 하는 게 필수라는 겁니다. 기자나 PD처럼 인터뷰를 일상적으로 해야 하는 직업군에 중요한 인터뷰 능력 역시 글쓰기 능력과 정비례합니다. 누군가와 인터뷰하면서 시의적절하게 제대로 질문하려면, 상대방이 하는 말을 잘 듣고 그 핵심을 실시간으로 요약해 머릿속에서 정리해야 합니다. 그러고 나서 내용에 알맞게 호응하고 질문을 던져야 순조롭고 알차게 인터뷰할 수 있습니다. 종이나 노트북에 손으로 쓰지 않더라도 이러한 인터뷰 과정은 사실상 글쓰기에 해당합니다. 다른 사람의 말을 잘 듣고 요약하고 이해한 뒤 적절하게 대답하는 능력 역시 큰 틀에서 보면 글쓰기라고 할 수 있죠. 결국 내가 다른 사람(혹은 사물이나 글일 수도 있습니다)과 소통하는 전 과정에서 글쓰기는 필수적인 능력입니다. 이메일이든 SNS든, 직접 대면이든 전화 통화든 그 어떤 커뮤니케이션이든 말이죠. 글쓰기를 잘한다는 것은 결국 이 모든 능력을 갖추는 것이라고 저는 자신 있게 말합니다.

글쓰기 능력이 소통 능력의 핵심이라는 건 실제 사례에서도 심심찮게 드러납니다. 제가 직접 경험한 사례를 몇 가지 소개해 보겠습니다. 제가 모 대학 언론고시반에서 언론사 입사 대비 논술을 가르칠 때였습니다. 다음과 같은 문제를 주고 한 시간 동안 글쓰기를 하도록 했습니다.

당신이 지도자인데 사회 공동체 전체를 위해 일부 구성원의 권리를 제한해야 하는 상황이 발생한다면 어떻게 할 것이고, 그 근거는 무엇인지 구체적인 사례를 들어 논술하시오.

　그날 밤, 저는 학생들의 글을 첨삭하기 위해 읽어 보다 잠시 한숨을 내쉬었습니다. 글을 잘 쓰고 못 쓰고를 떠나 상당수 학생들이 문제에서 요구한 내용을 자신의 글에 담지 않았기 때문입니다. 이 논술 문제는 ① 사회 전체를 위해 일부 구성원의 권리를 제약해야 하는 구체적인 사례, ② 이런 사례에서 어떤 조치를 할 것인지, ③ 그 조치의 근거는 무엇인지를 담아 자신의 주장을 펼치라고 요구하고 있습니다. 그런데 제 기억에 전체 학생의 70% 정도가 ①, ②, ③의 조건 가운데 한두 개를 빼먹은 채 글을 쓴 것입니다.

　다음 사례를 보겠습니다. 이번엔 입사 지원서입니다. 기업에서 신입 사원이나 경력 사원을 선발할 때 입사 지원서에 지원 동기를 쓰도록 하는 경우가 많죠. 기자나 PD 지원자들에겐 이 지원 동기 부분을 좀 더 자세하게 근거를 들어 쓰도록 요구하는 회사가 많습니다. 기자나 PD는 업무의 특성상 해당 직업에 대한 확고한 의지나 열정 같은 게 꽤나 뚜렷해야 하는 직군이기 때문입니다.

　실제로 TV 드라마나 예능, 영화 등 미디어를 통해 그려진 기자나 PD의 멋진 모습만을 상상하고 입사했다가 현실은 매우 다르고 냉혹하다는 것을 깨닫고 얼마 버티지 못하고 포기하는 사람도 적지 않습니다. 기껏해야 1년에 10명 안팎의 기자나 PD를 뽑는 언론사에서는 오랫동안 일할 수 있는 우수한 인재를 뽑아 육성해야 하는데, 입사한 뒤 얼마 지나지 않아 자꾸 퇴사해 버리면 낭패겠죠. 그래서 처음 입사 지원 단계에서부터 '이 친구가 훌륭한 기자(혹은 PD)로 자라날 능력뿐 아니라 확고한 의지가 있는지'도 매우 중요한 평가 사항이 될 수밖에 없죠. 그래서 입사 지원 동기를 이렇게 쓰라고 요구하는 경우가 많습니다.

여러 신문사 가운데 우리 A사에 지원한 동기는 무엇입니까? 지원자가 기자를 잘할 수 있는 이유는 무엇이고 그 근거는 무엇인지 써 주세요.

[1번 지원자 답변 내용]　저는 어려서부터 사회의 어두운 곳을 파헤쳐 진실을 밝히는 기자를 동경해 왔습니다. "펜은 칼보다 강하다"라는 말이 있는 것처럼 여전히 진실의 힘, 여론의 힘은 강하다고 믿습니다. 저는 기자가 되기 위해 어렸을 때부터 다양한 책을 꾸준히 읽었고, 신문과 방송 뉴스를 통해 한국 사회의 현안은 물론 국제 사회의 다양한 분쟁이나 이슈도 눈여겨보고 분석하는 습관을 길렀습니다.
　기자의 꿈을 이루기 위해 대학에서도 신문방송학을 전공했으며, 특히 학내 신문사에서도 2년 동안 기자 생활을 하며 다양한 기사를 쓰고 신문을 제작했습니다. 또 B사 인턴 기자로 합격해 3개월 동안 B사 취재기자들을 도와 정치·사회 분야 취재 현장을 직접 발로 뛰며 취재하고 기사를 쓰는 보조 역할도 성실히 수행했습니다. 어릴 때부터 키워 온, 기자를 향한 저의 열정과 노력, 적지 않은 관련 경험을 바탕으로 훌륭한 기자가 돼 성장할 수 있을 것이라고 생각합니다.

[2번 지원자 답변 내용]   여러 신문사가 있지만 저는 A사가 가장 공정하고 정확한 보도를 한다고 생각합니다. 특히 A사는 사회적으로 파장이 컸던 대형 비리 사건을 여러 차례 특종으로 보도하며 우리 사회의 이슈를 주도하고 있습니다. 그러면서도 정치적 이해관계나 특정 세력에 치우치지 않으려고 노력한다는 점에서 제게 매력적인 회사로 다가왔습니다. 물론 A사도 몇몇 사안에서는 공정성 시비에 휘말리기도 하고 사회적 비판을 받기도 했습니다. 하지만 이런 경우 잘못을 부인하거나 모르는 체하지 않고 솔직하게 인정하고 바로잡으려고 노력하는 모습이 인상적이었습니다.

그래서 저는 A사에서 사회 정의를 위해 24시간 발로 뛰는 민완 기자가 되고 싶다는 꿈을 품고 이렇게 지원했습니다. 저는 누구보다 체력에 자신이 있습니다. 어떤 상황에서도 지치지 않고 이성적·논리적으로 판단할 수 있는 두뇌도 갖고 있습니다. 여기에 더불어 누구에게도 뒤지지 않는 열정이 있습니다. 열정과 체력뿐 아니라 기자로서의 역량을 키우기 위한 노력도 제 나름대로 꾸준히 해 왔습니다. 대학 시절 C 기업 사내 신문 인턴 기자로 3개월 동안 일하면서 기사의 취재와 작성, 제작 전 과정을 경험했습니다. 기자를 목표로 하는 대학 친구들과 함께 취재 보도 수업 시간 과제로 학내 비정규직 환경미화원들에 대한 부당한 처사를 고발하는 기사를 직접 취재해 작성하기도 했습니다.

여러분이라면 두 지원자 가운데 누구에게 더 점수를 높게 주시겠습니까? 앞서 논술 글쓰기의 사례에서 본 것처럼 여기서도 중요한 건 실제로 글쓰기를 누가 더 조리 있게 잘했느냐보다 문제의 조건에 맞게 썼느냐가 우선이 될 것입니다. 1, 2번 지원자 모두 글 쓰는 능력 자체는 나쁘지 않습니다. 두 사람 모두 자신이 왜 기자직에 지원했고 잘할 수 있는지, 자기 나름대로 근거를 들어 조리 있게 설명하고 있습니다. 문제는 1번 지원자입니다. 이 사람은 '왜 다른 언론사가 아니라 A사에 지원했는가'라는 질문에 전혀 답을 하지 않고 있습니다. 이런 경우 아무리 잘 쓴 글이라고 해도 좋은 점수를 얻기는 어렵죠. 질문에 뻔히 있는데 누가 그렇게 답변을 쓰겠느냐고요? 그런데 그렇지 않습니다. 입사 지원서 채점을 하다 보면 적지 않은 지원자가 이런 실수 아닌 실수를 합니다. 안타까운 일이죠.

여기서 살펴본 두 사례 모두 문제조차 제대로 읽지 않고, 문제와도 '소통'하지 않은 채 글쓰기를 한 겁니다. 이렇게 쓴 글이 좋은 글일 수 있을까요? 네, 당연히 그렇지 않습니다. 이처럼 글쓰기를 잘한다는 건 단순히 글쓰기 능력의 향상만을 의미하지 않습니다. 생각부터 말하기와 듣기, 이해하고 요약하기까지 거의 모든 외부와의 소통 과정과 능력이 다 녹아 있는 정점에 글쓰기 능력이 있는 겁니다. 그래서 글을 잘 쓰는 게 무엇보다 중요한 것이고요. 지금부터는 어떻게 글을 잘 쓸 수 있는지, 글을 잘 쓰기 위해 꼭 지켜야 하는 필수 원칙을 하나씩 세밀하게 들여다보도록 하겠습니다.

2장

어떻게 잘 쓸까?

1장에서 우리는 왜 글쓰기가 중요한지, 글을 잘 쓰면 도대체 뭐가 좋아지는지 다양한 사례를 곁들여 가며 이야기했습니다. 지금부터는, 그렇다면 어떻게 글을 잘 쓸 수 있을지, 그 비법을 터득하기 위해 지켜야 할 원칙을 이야기해 보겠습니다. 사실 서점에 가서 둘러보거나 인터넷을 검색해 보면 이미 상당히 많은 글쓰기 책이 나와 있다는 걸 금방 알 수 있습니다. 유튜브 같은 동영상 콘텐츠 가운데에도 글쓰기 비법을 가르쳐 준다는 제목을 많이 찾아볼 수 있고요. 제가 지금부터 여러분에게 소개할 원칙들도 어쩌면 이미 어디선가 다 들어 본 이야기일 수도 있습니다. 여러분이 '뭐 다 아는 이야기를 정색하고 늘어놓고 있어'라고 생각할 수도 있다는 얘기입니다. 하지만 다시 한번 찬찬히 생각해 볼까요. 정말 글쓰기 비법을 여러분은 이미 알고 있습니까? 알고 있다면, 왜 아직도 글쓰기가 어려울까요?

　제 대답은 이렇습니다. 글쓰기 비법이 무엇인지 그 내용을 머리로 이해하는 것과 실제 그 비법을 몸에 익혀 여러분 스스로 글쓰기 능력을 발휘하는 것은 전혀 다른 차원이기 때문에 그렇습니다. 글쓰기 능력을 몸에 익히려면 부단한 노력과 시행착오를 반복할 인내심과 시간이 필요합니다. 이미 자신의 분야에서 성공한 유명 화가나 작가조차도 새로운 작품을 창작할 때면 엄청난 시간과 노력을 들이고, 고민과 수정을 반복하고 반복한 끝에 작품을 내놓는 걸 보면 "창작의 고통"이라는 말이 왜 나왔는지 조금은 이해할 수 있습니다.

사실 글쓰기 비법은 그 내용이 그다지 복잡하지도 많지도 않습니다. 종이쪽지 한 장 혹은 스마트폰 메모장에 간단하게 써서 언제든 꺼내 볼 수 있을 정도의 내용일 뿐이니까요. 진짜 중요한 문제는 그다음부터죠. 언제, 어디서든 종이 한 장에 들어 있는 비법을 적재적소에 활용해 깔끔한 글쓰기 능력을 갖추기 위한 부단한 노력의 시간을 어떻게 견뎌 내느냐가 관건입니다. 마치 단군 신화에 나오는 곰과 호랑이처럼 말이죠. 사람이 되겠다는 목표를 가지고 동굴 속에서 쑥과 마늘만 먹던 곰과 호랑이. 끝까지 견딘 곰은 사람이 됐고, 중간에 뛰쳐나간 호랑이는 그냥 짐승으로 남았습니다. 여러분은 글쓰기 정복 동굴 속의 쑥과 마늘을 참아 낼 수 있는지요?

저는 2장에서 글쓰기 능력을 키우는 데 꼭 필요한 원칙을 다양한 사례와 함께 소개하려고 합니다. 독자 여러분이 책을 읽으면서 자연스럽게 그 비법과 원칙들이 왜 중요한지 이해하고 고개를 끄덕일 수 있도록 최대한 많은 사례를 넣었습니다. 글쓰기 비법에 대한 내용을 읽다 보면 제가 왜 노력과 시행착오, 숙련의 시간이 필요하다고 강조하는지 어느 정도 공감할 수 있으리라 생각합니다. 사실 모든 일이 다 똑같습니다. 수영이나 축구, 농구, 테니스, 골프, 당구 등 대부분의 스포츠도 어떻게 하면 잘할 수 있는지 비법을 몰라서 실력 차가 나는 게 아닙니다. 누구나 다 아는 비법을 누가 더 많이 연습하고 노력해 완벽하게 자신의 것으로 만드느냐가 프로와 아마추어의 차이를 만듭니다. 과장해서 말하자면 그렇다는 겁니다. 자, 이제 모두 준비됐나요? 그럼 우리 모두 세계 최고의 글쓰기 능력자가 되겠다는 목표를 마음에 품고 지금부터 함께 글쓰기 비법의 세계로 들어가 보겠습니다.

글쓰기의 5대 비법

비법 1 문장은 최대한 짧게 써라

    말 그대로입니다. 글쓰기를 할 때 한 문장 한 문장은 최대한 짧게 쓰는 게 바람직합니다. 1장에서 글쓰기의 목적을 언급할 때 얘기한 것처럼 글을 쓰는 이유는 내 생각이나 주장, 정보 등을 글을 읽을 상대방에게 효과적으로 전달하기 위한 것입니다. 그런데 글이 길고 복잡하면 글쓰기 본연의 목적을 이루기가 어려워집니다. 문장이 길면 길수록 더 그렇죠. 물론 앞에서도 언급했지만 소설이나 수필 같은 스토리텔링(storytelling)이 중심인 글쓰기는 이런 원칙에서 다소 벗어날 수도 있습니다. 하지만 소설이나 수필, 드라마 대본 같은 글에서도 짧게 쓰기 원칙을 완전히 무시하고는 좋은 글을 쓰기 어렵습니다. 그러면 다음 문장들을 한번 같이 보겠습니다.

    [예시문 1] 승우는 오늘 학교에서 너무 피곤해 집에 오자마자 쉬고

싶었는데 엄마가 현관문에 들어오는 승우에게 재활용 쓰레기를 건네며 버리고 오라고 하자 짜증을 내다 엄마에게 버릇없다며 한 소리를 듣고 말았다. 쓰레기 분리수거를 하는 동안에도 화난 승우의 마음은 가라앉지 않았고 쓰레기를 다 버리고 다시 집에 들어오면서도 언짢은 표정을 짓자 엄마는 거실로 불러 앉히고는 10여 분간 크게 혼을 냈고 승우는 결국 눈물까지 흘리며 엄마에게 잘못했다고 빌었다. 하지만 승우는 방에 들어가서도 억울했고 학교에서 있었던 일을 말하지도 않은 채 이해해 주지 않는다고 버릇없이 잘못한 것은 생각하지도 않고 힘든데 너무한다고 생각하면서 우울해했다.

[예시문 2] 그 사건 이후의 지역 여론이 김갑동 후보에서 이만길 후보로 돌아선 뒤, 김갑동 후보는 점점 더 지지율이 떨어지며 당선 가능성이 희박한 후보로 전락해 버리고, 이만길 후보가 유력한 당선 후보라는 여론이 지배적인 상황이 되면서 이 지역 유지들은 하나둘씩 이만길 후보에게 줄을 대기 위해 열을 올리고 있는 형국이 되어 버렸다.

어떤가요? '예시문 1, 2'의 내용이 머릿속에 잘 들어오나요? 뭐 별문제가 없다고 생각하는 이도 있을 것이고, 뭔가 좀 아쉽다는 생각을 하는 이도 있을 겁니다. 그럼 이제는 앞의 예시문들을 수정해 보겠습니다.

[수정문 1] 승우는 오늘 학교에서 너무 피곤해 집에 가면 쉬고 싶었

다. 그런데 엄마가 현관에서 재활용 쓰레기를 건네자 승우는 짜증을 내다 한마디 듣고 말았다. 승우가 쓰레기를 버리고 오면서도 언짢은 표정을 짓자 엄마는 승우를 거실로 불러 10여 분간 크게 혼냈다. 승우는 눈물까지 흘리며 잘못했다고 빌었지만 자기 방에 들어가서도 억울했다. 왜 피곤한지 말도 없이 엄마에게 화부터 낸 잘못은 생각지도 않은 채 힘든데 너무한다며 우울해했다.

[수정문 2] 그 사건 이후 지역 여론은 김갑동 후보에서 이만길 후보로 돌아섰다. 김 후보는 지지율이 점점 더 떨어지며 당선 가능성이 희박해졌다. 이 후보의 당선이 유력하자 지역 유지들은 하나둘씩 이 후보에게 줄을 대려고 열을 올렸다.

'예시문'과 '수정문'을 비교하면 어떤가요? 수정문이 예시문과 가장 크게 달라진 점은 보는 그대로 긴 문장을 짧게 정리한 것입니다. 일부 필요 없는 표현이나 수식어, 단어의 반복 등을 정리한 것도 있지만, 가장 핵심적인 수정 포인트는 하나의 긴 문장을 적당한 곳에서 끊어 줬다는 데 있습니다. 이렇게 긴 문장을 내용에 맞게 끊어 주는 것만으로도 글쓰기 능력이 상당히 향상될 수 있습니다.

문장이 길어지면 주어와 서술어의 거리가 멀어지고, 여기에 이런저런 수식어까지 붙어 버리면 나중엔 주어와 서술어의 호응마저 길을 잃습니다. '예시문 1'의 마지막 문장인 "하지만 승우는 방에 들어가서도 억

울했고 학교에서 있었던 일을 말하지도 않은 채 이해해 주지 않는다고 버릇없이 잘못한 것은 생각하지도 않고 힘든데 너무한다고 생각하면서 우울해했다"가 바로 그런 경우입니다. 억울하고 우울한 것은 승우지만 승우를 이해해 주지 않은 것은 엄마인데, 갑자기 엄마라는 단어가 사라지면서 문장의 뜻이 모호해진 것이죠. 문장을 짧고 간결하게 쓰면 이런 문제를 해결할 수 있습니다.

'예시문 2'는 전체가 한 문장입니다. 이런 문장이 대표적인 나쁜 문장이라고 할 수 있습니다. 내용을 들여다보면 '수정문 2'처럼 세 개의 문장으로 끊어 쓰는 게 바람직하다는 걸 바로 알 수 있습니다. 지역 여론이 김 후보에서 이 후보 쪽으로 돌아선 일과 김 후보 지지율이 더 떨어진 일, 지역 유지들이 이 후보에게 줄을 대기 시작한 일은 모두 별개인데 '예시문 2'는 이 모두를 하나의 문장으로 썼습니다. 문장을 이렇게 쓰면 읽는 사람이 그 내용을 명확하게 이해하기 어려워집니다. 이런 문장이 한두 개가 아니라 수십 개, 수백 개 모여 있다면 그런 문제는 상상 이상으로 많아지겠죠. 이럴 경우 글쓰기를 통해 전달하려는 내용이나 메시지는 거의 전달할 수 없습니다. 정말 그렇죠. 그래서 문장은 가능하면 짧게, 하나의 주어와 서술어로 명확하게 전달할 수 있는 내용만큼만 담아서 쓰는 게 좋습니다.

저는 강의할 때 짧게 쓰기를 여행 짐 싸기에 비교하곤 합니다. 사람들이 긴 여행, 특히 해외여행을 갈 때 짐을 꾸리는 걸 보면 '뭐야, 이사 가는 거 아냐?' 할 정도로 이것저것 여행 트렁크에 넣는 일이 적지 않습니다. 왜 그럴까요? 간만에 큰 결심 하고 적지 않은 비용까지 들여서 가는 여행이니 여기도 저기도 가 보고, 이것도 먹고, 저것도 해 보고 싶습니다. 누구나 그렇죠. 그러려니 옷도 신발도 모자도 여러 개 가져가서 패션모델 뺨치게 후회 없이 여행을 즐기고 싶습니다. 그래서 이것도 넣고 저것도 넣다 보면 여행 가방은 무한정 커지죠. 결국 다시 고민 고민 하면서 아쉬움을 뒤로한 채, 이것저것 가방에서 빼내죠. 비행기를 타면서 추가 비용을 지불하면서까지 짐을 가져가려는 사람은 그리 많지 않으니까요. 그런데 막상 여행을 끝내고 돌아와서 보면, 가져간 옷이나 신발, 모자, 화장품 가운데 사용도 하지 않고 그대로 가져온 것이 적지 않을 겁니다. 필요 이상으로 너무 많은 것을 여행 가방에 넣었기 때문이죠.

글쓰기도 이와 비슷합니다. 익숙지 않은 사람은 보통 글을 쓸 때 문장에 이것도 넣고 저것도 넣고 싶어 합니다. 짧게 쓰려고 하면 뭔가 빠진 것 같고, 내가 전달하려는 내용이 부실한 것처럼 느껴지기도 하죠. 자신이 중요하다고 생각하는 부분은 강조도 하고, 수식어도 많이 쓰고 싶죠. 하지만 이런 모든 것을 한 문장에 넣다 보면 읽는 사람은 '도대체 이게 무슨 말이야?' 하고 고개를 꺄우뚱거릴 수밖에 없습니다. 여행에 옷과 신발 등이 생각보다 많이 필요하지 않은 것처럼 문장에도 수식어와 부연 설명이 생각보다 많이 필요하지 않습니다. 좋은 문장, 좋은 글쓰기는 짧게 쓰기에서 시작한다는 점, 절대 잊지 말아야 할 글쓰기의 핵심 원칙입니다.

비법 2 무조건 쉽게 써라

제가 제 나름대로 큰 결심을 하고 대학원 박사 과정에 입학해 뒤늦은 공부를 시작한 2011년 무렵 이야기를 해 보겠습니다. 당시 저는 10년 넘게 신문사 기자 생활을 하다가 회사를 잠시 쉬고 박사 과정에 들어갔습니다. 박사가 되는 길은 생각했던 것보다 훨씬 더 힘들고 치열했습니다. 거의 모든 수업이 다섯 명 안팎의 대학원생과 교수가 수업 시간 내내 발표하고 토론하는 세미나 방식이었는데, 매주 읽고 공부해야 하는 논문이나 책이 그야말로 산더미처럼 쌓여 있었습니다. 영어 논문이나 책도 쉴 새 없이 읽고 공부해야 했죠. 한 학기에 서너 과목을 수강한다면 그 부담이 세 배, 네 배로 커지는 셈이었고요. 당시 저는 생업이던 신문 기자 일을 일단 미뤄 놓고 박사 공부를 시작했던 터라 최대한 빨리 코스 워크(course work)를 마치고 논문을 써 학위를 따야 하는 상황이었습니다. 그래서 한 학기에 이수할 수 있는 학점을 다 채워 네 과목씩 수강했습니다. 지금 돌이켜 보면 제 박사 과정 생활은 '논문과 전공 서적 읽고 쓰고 토론하기'가 거의 전부였습니다. 학교 연구실에서도, 집을 오가는 지하철에서도 항상 뭔가를 읽고 읽고 또 읽었습니다. 공부해야 할 양이 절대적으로 많았다는 뜻입니다.

그런데 당시 논문이나 전공 서적의 막대한 분량만큼, 아니 어쩌면 그 이상으로 저를 괴롭혔던 건 그 논문이나 책의 글쓰기 방식이었습니다. 그게 무슨 말이냐고요? 상당수의 책이나 논문이(물론 전부 그렇다는 것은 아닙니다) 분명 한국어로 씌어 있는데 아무리 읽어도 무슨 말인지 이해할 수가 없습니다. 이런 문제는 특히 번역서가 더 심해서 이건 글자만 한글이지 사실상 외계어와 다를 바 없는 책도 심심찮게 만날 수 있었습니다. 예를 들면 이런 글이죠.

[예시문] 일반적인 커뮤니케이션 이론의 형성 과정에서 수용자와 매체의 역할은 상황에 따라 다르게 정의될 수 있다는 전문가들의 견해가 있다. 제작자가 의도를 담아 대중에게 전달하려는 메시지와 이를 불특정 다수의 사람들에게 효과적으로 전달하는 매체, 그리고 메시지를 매체를 통해 받아들이는 수용자의 역할은 전통적인 미디어 이론과 환경에서는 특정 지어진 것이고 바뀌지 않는 것이어서, 우리는 이런 과정을 소위 '일방향적 커뮤니케이션'이라고 부르는 데 익숙하다. 하지만 이런 전통적인 커뮤니케이션 방식은 정보 통신 기술이 급격하게 발달한 것에 의해 크게 달라지는 변화를 겪고 있다. 인터넷과 스마트폰의 발달로 대표되는 디지털 시대의 도래로 인해 일방향적 메시지 전달로 설명되는 전통적인 커뮤니케이션 방식에 돌이킬 수 없는 큰 변화의 움직임이 감지되기 시작했다고 할 수 있다. 이를 풀어서 다시 말하면 이렇게 설명할 수 있다. 제작자의 메시지를 수용자에게 전달하는 통로 역할로 규정지어졌던 매체에 디지털 기술이 합쳐지면서 수용자는 매체로부터 수동적으로 메시지를 전달받기만 하는 역할에서 벗어나 수용자의 의사를 매체에 전달하는 적극성을 부여받게 되었고,

이를 통해 수용자와 매체는 서로 의사를 전달하고 전달받는 쌍방향 커뮤니케이션이 가능하게 되는 상황이 도래하게 되었다는 것이다. 이는 제작자의 일방적인 의도를 내포한 메시지만이 매체를 통해 전달되던 기존의 커뮤니케이션 방식에도 획기적인 변화를 주게 되면서 수용자가 매체, 다시 말해 미디어를 통해 메시지에 영향을 미치고 의사를 전달할 수 있는 기회를 열어 주었다.

어떤가요, 여러분. 이 예시문의 내용을 잘 이해할 수 있는지요? 아마 대부분 그렇지 않을 겁니다. 그건 이 글이 신문방송학의 전문적인 내용을 담고 있어 이 분야에 생소한 이들에게 어려운 것이라기보다는 글 자체가 난해하고 이해하기 어렵게 쓰여 있기 때문일 가능성이 더 큽니다. 예시문을 쉽게 고쳐 봤습니다.

[수정문] 미디어 환경이 바뀌면서 매체(미디어)와 수용자(예를 들면 시청자)의 역할도 달라졌다는 전문가들의 견해가 있다. 그동안 미디어는 제작자의 의도가 담긴 메시지(콘텐츠)를 수용자에게 일방적으로 전달하는 '일방향 커뮤니케이션' 수단이었다. 하지만 인터넷과 스마트폰 등 정보 통신 기술이 급격하게 발달하면서 큰 변화가 생겼다. 시청자가 미디어를 통해 실시간으로 콘텐츠를 평가하거나 의견을 낼 수 있게 되면서 '쌍방향 커뮤니케이션'이 가능해진 것이다. 이제 콘텐츠 제작자뿐 아니라 시청자도 콘텐츠에 영향을 미칠 수 있는 시대가 됐다.

어떻습니까? 훨씬 쉽게 이해할 수 있지 않나요? 글을 쉽게 쓰는 게 이렇게 중요합니다. 결국 저는 몇몇 전공 필수 번역서들의 암호 해독을 포기하고 원서를 사서 공부를 이어 갈 수밖에 없었죠. 영문 원서를 읽는 게 당연히 쉽지 않았고 또 시간도 많이 걸렸지만, 그래도 읽고 나면 무슨 말인지 이해할 수 있었기 때문에 '울며 겨자 먹기'로 선택한 방법이었습니다. 그냥 영어 공부 한다는 심정으로, 긍정적인 마음가짐으로 열심히 했습니다.

좋은 글은 쉬운 글입니다. 쉽게 쓰는 것과 어렵게 쓰는 것, 뭐가 더 어려울까요? 네, 맞습니다. 쉽게 쓰는 게 훨씬 어렵습니다. 쉽게 쓴다는 건 자신이 쓰고 있는 글의 내용을 정확하게 알고 이해했다는 뜻이기 때문입니다. 반대로 어렵게 쓴다는 건 글을 쓰는 사람이 자기가 전달하려는 내용이 뭔지 모른다는 증거입니다. 아무리 복잡한 사안이라고 해도 그 핵심을 정확하게 아는 사람은 쉽고 간결하게 설명하고 또 그렇게 글로 쓸 수 있습니다. 어떤 사안을 글로 쉽게 풀어내는 사람은 그 사안을 누구보다 잘 알고, 이해하고, 표현하는 사람이라고 할 수 있습니다. 당연히 말로도 잘 설명할 수 있겠죠. 그래서 쉽게 쓰려면 제대로 알아야 합니다. 제대로 알지 못하면 쉽게 쓸 수 없겠죠. 길고 복잡하고 난해하게 쓰는 글이 좋은 글이 아니라는 건 앞 장에서도 신문사 기고문 사례를 들어 설명했죠. 보통 전문가라고 하는 이들, 이를 테면 교수나 박사, 법조인, 평론가, 번역가 같은 사람들일수록 글을 어렵고 길게 쓰는 경우가 많습니다. 어렵고 긴 글은 정말 좋은 글이 아닙니다. 조금 심하게 얘기하면 '자기도 제대로 알지 못하면서' 쓴 글이라고 할 수 있겠죠. 좋은 글은 그 내용을 잘 알지 못하는 사람이 읽어도 어느 정도는 이해할 수 있게 쓴 친절하고 쉬운 글입니다. 하지만 이 역시 부단한 노력과 연습이 필요합니다. 여러 차례 강조한 것처럼 쉽게 쓰려면 글을 쓰기 전에 먼저 글 쓰는 사람이 그 내용을 완전히 소화하고 자신의 것으로 만드는 과정을 선행해야 하기 때문입니다.

하나의 문장을 쉽게 쓰려면 그 문장을 구성하고 있는 단어 하나하나를 최대한 쉽게 써야 합니다. 그래야 문장이 쉬워지겠죠. 그런데 어려운 단어를 쉽게 쓰려면 당연히 그 단어가 의미하는 내용을 정확히 알고 있어야 합니다. 그래야 풀어 쓸 수 있죠. 특히 법률이나 의학, 경제 등 전문 분야 용어는 더욱 그렇습니다. 예를 들어 '법원은 이날 판결을 선고한 뒤 공시송달 했다'는 문장이 있습니다. 여기서 '공시송달'의 뜻을 모르는 사람들은(아마 법조인이 아니면 대부분 모를 겁니다) 이 문장의 뜻을 이해할 수 있을까요? 아마 어떤 사람들은 '판결', '선고'의 뜻도 정확하게 모를 수 있습니다. 이건 뭐 창피한 일도 아닙니다. 자신의 전문 분야가 아닌 것까지 모두 다 알 필요는 없으니까요. 오히려 문제는 그 문장, 그 글을 쓰는 사람에게 있는 것이죠. 여러 차례 강조한 것처럼 좋은 글은 내가 전달하고자 하는 내용을 가장 효과적인 기술로 독자가 쉽게 이해하도록 쓴 글입니다. 그럼 이렇게 한번 풀어 써 볼까요.

법원은 이날 판결을 내린 뒤 공시송달 했다. 공시송달이란 민사소송

피고(소송을 당한 사람)의 주소지가 명확하지 않거나 연락이 닿지 않아 판결문 등 소송 관련 서류를 직접 전달하기 어려울 때 그 서류를 법원 게시판이나 신문 등에 일정 기간 공지하는 것이다. 이렇게 하면 피고에게 판결문을 직접 전달한 것과 똑같은 법적 효력이 생긴다.

어떻습니까? 문장이 더 많아졌지만 내용은 훨씬 이해하기 쉬워졌죠? 좋은 글쓰기는 강약이 있는 글쓰기입니다. 짧게 줄여 쓸 수 있는 내용은 짧게, 설명할 필요가 있는 내용은 또 길게 쓰는 거죠. 모든 일이 그렇듯이 글쓰기에도 '집중과 선택'이 필요합니다. 어디를 버리고 어디에 집중할 것인가, 강약 조절을 누가 더 잘하느냐가 글쓰기 능력을 좌우합니다.

비법 3 수동형 표현은 절대 금물!

수동형(passive) 표현의 정의를 사전에서 찾아보면 '스스로 움직이지 않고 다른 것의 작용을 받아 움직임', '주체가 남 또는 다른 것의 힘에 의하여 움직이는 동사의 성질'이라는 설명이 나옵니다. 이 말도 쉬운 말은 아니죠. 정확히 무슨 뜻인지 모호합니다. 그래서 글쓰기가 중요하죠. 하나의 단어를 설명하는 문장조차 말입니다. 사실 우리는 말을 하거나 글을 쓸 때 수동형 표현을 정말 많이, 습관적으로 사용합니다. 대체로 이런 것들이죠.

[예시문]

나의 존재는 완전하게 부정되었다.

그 모든 일은 별 탈 없이 진행되었다.

다양한 분야의 전문가들이 그 프로젝트에 연관되어 있었다.

나는 전염병에 걸려 격리되었다.

미국과 중국의 무역 전쟁은 이제 없게 되었다.

앞으로 이 사건이 어떻게 진행될지 주목됩니다.

그 이론에 대한 비판은 곧 받아들여졌다.

미디어 콘텐츠는 정보 통신 기술의 발달에 의해 영향을 받게 되었다.

뭐 수동형 예시문은 사실 끝도 없이 제시할 수 있습니다. 그만큼 우리의 말과 글에 많이 퍼져 있죠. 그런데 뭔가 어색하지 않습니까? 수동형의 정의에서 나온 것처럼 수동형 표현 문장은 행동의 주체인 주어가 없는 경우가 많습니다. 그 대신 사물(보통 주어가 있는 문장에서 목적어가 되는 경우가 많습니다)이 문장의 앞에 나오기 때문에 자연히 동사는 수동형인 '~이 되었다'의 형태를 띠게 됩니다. 그런데 사실 우리말 표현에는 수동형이란 게 애초에 없습니다. 수동형 글쓰기가 없다는 건, 수동형으로 말하는 것도 우리말에는 없는 어색한 표현이라는 얘기죠. 수동형은 100% 외국어에서 온 표현입니다. 수동형은 조금 과장하면 대한민국 전 국민이 가지고 있다는 '영어 콤플렉스', 바로 그 영어에 자주 등장하는 영어식 표현입니다. 그래서 어렸을 때부터 영어를 읽고 쓰고 말하고 해석하는 공부에 매달리는 한국인 대부분이 영어의 수동 표현에 익숙해서 별문제가 없는 것처럼 받아들일 수도 있습니다.

하지만 수동형 문장은 우리 글쓰기에는 없기 때문에 이걸 자연스러운 우리말 표현인 주어가 앞에 나오는 능동형 문장으로 바꾸면 훨씬 쉽고 좋은 문장이 됩니다. 예시문을 함께 고쳐 볼까요? 수동형 문장은 주어를 생략한 경우가 대부분이기 때문에 수정문에서 행동의 주체인 주어는 임의로 선정해 넣겠습니다. 그 밖에 필요한 표현도 문장 내용을 이해하기 쉽게 일부 추가해 보죠.

[수정문]

나의 존재는 완전하게 부정되었다.

　→ 그녀는 내 존재를 완전히 부정했다.

그 모든 일은 별 탈 없이 진행되었다.

　→ 회사는 그 모든 일을 별 탈 없이 진행했다.

다양한 분야의 전문가들이 그 프로젝트에 관련되어 있었다.

　→ 다양한 분야의 전문가들이 그 프로젝트에 참여했다/ …… 프로젝트와 관련이 있었다.

나는 전염병에 걸려 격리되었다.

　→ 보건 당국은 전염병에 걸린 나를 격리했다.

미국과 중국의 무역 전쟁은 이제 없게 되었다.

　→ 미국과 중국의 무역 전쟁은 이제 없었다/ …… 끝났다.

앞으로 이 사건이 어떻게 진행될지 주목됩니다.

　→ 사람들은 앞으로 이 사건이 어떻게 될지 주목하고 있습니다.

그 이론에 대한 비판은 곧 받아들여졌다.

　→ 학자들은 그 이론에 대한 비판을 곧 받아들였다.

미디어 콘텐츠는 정보 통신 기술의 발달에 의해 영향을 받게 되었다

　→ 정보 통신 기술의 발달은 미디어 콘텐츠에 영향을 끼쳤다.

수동형 문장을 만났을 때 그 내용이 모호하고 어려운 건 사실 당연합니다. 우리말 문장 구조에는 없는 영어식 표현으로, 무리하게 끼워 맞춘 것이니까요. '수정문'에서 볼 수 있는 것처럼 주어를 명확하게 내세우고 수동형 동사를 능동형으로 바꾸는 것만으로도 문장의 내용이 쉽고 편해집니다. 제가 기자나 PD 같은 언론사 취업을 준비하는 학생들에게 글쓰기 강의를 할 때 가장 많이, 그리고 자주 강조하는 원칙 가운데 하나가 바로 수동형 표현을 쓰지 말라는 건데 지키기가 생각보다 쉽지 않습니다. 정말 항상 머릿속에서 '수동형 금물!', '수동형 NO, NO!'라고 외쳐도 한두 번은 실수하는 게 수동형 표현입니다. 그만큼 상당한 노력과 반복이 필요한 일이죠. 하지만 그 과정을 거쳐서 수동형 표현을 여러분의 글쓰기에서 완전히 떼어 낸다면 그 결과는 놀라울 겁니다. 꼭 명심하고 시도해 보기 바랍니다. 수동형 표현만 쓰지 않아도 당신의 글쓰기는 전혀 다른 수준에 올라갈 수 있습니다.

앞에서 여행 짐 싸기를 말했지만 글쓰기에서도 제대로 '덜어 내기'가 매우 중요합니다. 지금까지 글은 가능한 한 짧고, 쉽게, 수동형 표현 없이 써야 한다고 강조했는데 수식어 최소화하기도 큰 틀에서는 앞에서 언급한 비법 세 가지와 같은 맥락이라고 할 수 있습니다. 문장을 더 이해하기 쉽고 명확하게 쓰기 위한 전략이죠.

한 문장 혹은 하나의 글을 쓸 때 우리는 다양한 수식어를 덧붙입니다. 흔히 말하는 부사, 형용사 등의 단어나 어떤 내용을 강조하거나 설명하기 위해 문구를 덧붙이는 등의 방식이죠. 그런데 문장이나 글의 전달력, 공감력 혹은 설득력을 높이는 데 수식어가 항상 효과적인 것은 아닙니다. 오히려 부정적인 역할을 하는 경우가 더 많죠. 직접 볼까요?

[예시문] 님비 현상(NIMBY, not in my backyard)은 매우 극단적이고 부끄러운 집단 이기주의다. 교도소나 마약 중독자 치료소, 장애인 시설, 쓰레기 매립장, 핵폐기물 처리소 등이 사회적으로 필요한 공공시설이라는 것은 인정하지만 내 집 주변에 짓는 것은 죽어도 안 된다며 반대하는 행동이기 때문이다. 우리 사회 어딘가에는 꼭, 반드시 지어야 하는 필수불가결한 시설들인데 다른 곳은 모르겠고 내 집 주변에는 무조건 절대 안 된다고 주장하는 것은 성숙한 시민 의식과는 크게 거리가 먼 비상식적이고 너무나 이기적인 행동이 분명하다. 어떻게 그렇

게 자기들만을 생각하고 다른 사람들이나 사회는 생각하지 않을 수 있을까? 내 집 앞이 싫고 꺼려진다면 다른 사람들도 모두 하나같이 똑같고 다 싫고 꺼려질 수밖에 없다는 것을 왜 모르는지 도저히 이해할 수가 없다. 내가 절대 하기 싫은 것은 다른 사람도 대부분 절대 하기 싫고, 내가 정말 하고 싶고 매우 좋은 것은 다른 사람에게도 어떤 차이도 없이 좋고 매우 하고 싶은 것일 가능성이 굉장히 높다. 그렇다면 우리는 도대체 어떻게 이 풀기 어려운, 누구에게나 아이로니컬하다고까지 할 수 있는 이 문제를 해결할 수 있을까?

결국 이런 문제를 완전히 문제없이 해결하기 위해서는 모든 이해관계자들이 하루빨리 모여서 논의를 시작하고 거기서 찾아낸 결과와 해법에 따라야 한다. 논의 과정에서는 말할 것도 없이 서로 다른 이해관계자들끼리 부딪치고 언쟁이 벌어질 수도 있다. 하지만 감정을 앞세우기보다는 서로 상대방과 대화의 접점을 찾을 수 있는 논리적 근거를 찾아서 각자의 주장을 최대한 자세하게 상대방에게 근거를 가지고 잘 설명하고 설득하는 것이 중요하다. 서로 충분한 대화를 한 뒤에 모아진 대책이나 해법을 토대로 그 어느 때보다 어렵게 마련한 타협안을 지키는 것도 그 어떤 것보다 매우 중요하다. 아무리 치열하고 다양하게 의견을 나누고 대안을 겨우 어렵게 마련했다고 해도 이를 제대로 지키고 엄격하게 따르지 않는다면 아예 처음부터 아무것도 하지 않은 것과 똑같이 무용지물이 될 것은 불을 보듯 뻔한 일이기 때문이다.

앞에 언급한 예시문은 님비 현상이 무엇이고, 그 문제점은 무엇인지, 어떻게 해결해야 하는지를 언급한 글입니다. 그런데 찬찬히 살펴보면 문장마다 군더더기가 꽤 많습니다. 이 글에는 '매우', '겨우', '굉장히', '죽어도', '꼭', '반드시' 등의 강조하는 수식어와 '~뿐이다', '분명하다', '이해할 수 없다' 등의 단정적인 표현이 많이 나옵니다. 그런데 이렇게 강조하고 단정하는 표현이 많으면 글의 설득력이나 전달력이 높아질까요? 모든 일이 그렇지만 글쓰기에서도 지나치게 강조하고 단정하면 설득한다기보다는 오히려 거부감, 반감을 키우는 결과를 불러오는 경우가 더 많습니다. 어렸을 때 엄마 몰래 뭔가 일을 저질러 놓고는 엄마가 추궁하면 "난 절대 절대 아니야. 죽어도 난 아닌데 왜 나한테 그래!"라고 소리치며 울음을 터뜨리는 어린아이의 강조법과 크게 다르지 않습니다. 예시문에서 필요 없는 군더더기들을 덜어 내 보겠습니다.

[수정문] 님비 현상(NIMBY, not in my backyard)은 집단 이기주의다. 교도소나 마약 중독자 치료소, 장애인 시설, 쓰레기 매립장, 핵폐기물 처리소 등 사회적 공공시설이 필요하지만 내 집 주변에 짓는 것은 안 된다며 반대하는 행동이기 때문이다. 우리 사회에 필요한 시설을 내 집 주변에 지으면 안 된다고 하는 것은 성숙한 시민 의식과는 거리가 먼 행동이다. 내가 꺼린다면 다른 사람들도 똑같이 꺼릴 것이다. 내가 좋은 건 다른 사람도 좋아할 개연성이 크다. 그렇다면 우리는 이 문제를 어떻게 해결할 수 있을까? 이해 관계자들이 하루빨리 모여 논의를

시작하고 해법을 찾아야 한다. 논의 과정에서 언쟁이 벌어질 수도 있겠지만 감정을 앞세우기보다는 대화의 접점을 찾을 수 있는 논리적 근거를 찾아 설명하고 설득해야 한다. 그 결과물인 타협안을 지키는 것도 중요하다. 어렵게 마련한 타협안을 지키고 따르지 않는다면 무용지물이 될 것이기 때문이다.

어떻습니까, 여러분. 글의 분량이 줄어들고, 단정적인 수식 문구나 단어, 표현을 뺐다고 해서 글에서 전달하려는 내용이나 효과가 줄어들었나요? 무조건 문장이 길고, 수식이나 강조가 많다고 해서 좋은 글이 아닙니다. 강조할 곳은 강조하고, 줄일 곳을 잘 줄여야죠. 그런데 '매우', '겨우', '굉장히', '도저히' 등의 수식어는 가능하면 쓰지 않는 게 좋습니다. 앞서 말한 것처럼 글의 내용을 강조하고 좋게 하기보다는 오히려 반감을 사는 일이 많기 때문입니다.

비법 5 줄일 수 있는 건 모두 줄여라

지금까지 얘기한 비법 가운데 어찌 보면 가장 간단한 원칙입니다. 말 그대로인데 이 원칙 역시 신경만 쓴다면 그리 어렵지 않게 지킬 수 있습니다. 다음 문장을 한번 보죠.

[예시문] 동수가 나에게 그 말을 던지는 순간, 나는 얼음이 되어 버렸다. 앞으로 무엇을 어떻게 하여야 하지. 나의 머릿속은 백지장처럼 하얗게 되었다. 말 그대로 그렇게 되어 버린 것이다.

이 문단에서 뭘 줄일 수 있을까요? '수정문'을 볼까요.

[수정문] 동수가 내게 그 말을 던지는 순간, 나는 얼음이 돼 버렸다. 앞으로 뭘 어떻게 해야 하지. 내 머릿속은 백지장처럼 하얘졌다. 말 그대로 그렇게 돼 버린 것이다.

'예시문'과 '수정문'을 비교해 보면 몇몇 군데가 축약됐다는 것을 알 수 있습니다. '되어 버렸다'가 '돼 버렸다'로, '하여야'가 '해야'로 줄어들었죠. '하얗게 되었다'도 '하얘졌다'로 바뀌었네요. '나의 머릿속'도 '내 머릿속'이 됐습니다. 모두 축약해서 써도 의미 전달에 문제가 없는 부분입니다. 짧고, 쉽게, 수동형을 쓰지 않고, 수식어를 최소화해서 쓰자고 강조한 앞선 원칙들과 같은 흐름으로 볼 수 있습니다. 축약 역시 단어나 문장의 길이를 불필요하게 늘이지 않으면서 효과적으로 메시지와 내용을 전달할 수 있는 중요한 수단이자 기술이죠.

하지만 이 역시 글을 쓸 때마다 주의하고 명심하지 않으면 나도 모르게 또 지키지 못하는 원칙이기도 합니다. 그렇지 않을 거라고요? 아닙니다. 그렇습니다. 그만큼 신중하게, 항상 신경 쓰며 글쓰기를 해야 한다는 뜻이기도 합니다. 정말 그런지 아닌지는 여러분이 글을 써 보면 바로 느낄 겁니다.

　지금까지 글을 잘 쓰기 위한 5대 비법을 살펴봤습니다. 짧게 복습해 볼까요?

　① 문장은 최대한 짧게 써라.
　② 무조건 쉽게 써라.
　③ 수동형 표현은 절대 쓰지 말아라.
　④ 수식어를 최소화해라.
　⑤ 줄일 수 있는 건 반드시 줄여라.

　이렇게 써 놓고 보면 쉽고 별게 아닌 것처럼 생각할 수도 있지만, 모든 문장을 쓸 때마다 이 5대 원칙을 꼼꼼히 지키면서 쓴다는 것은 생각보다 어렵습니다. 하지만 바꿔 말하면 글쓰기 5대 원칙을 성실하게 지켜서 쓴 글은 따로 읽어 보지 않아도 어느 정도 수준 이상에 오른 잘 쓴 글일 가능성이 높다는 얘기이기도 합니다. 이 책을 선택한 사람은 모두 '글을 깔끔하고 명확하게, 잘 쓰고 싶은' 욕구가 있을 거라고 생각합니다. 제가 지금까지 말한 '글쓰기 5대 원칙'을 제대로 지키는 것만으로도 여러분은 이미 글을 잘 쓰는 사람이 될 수 있습니다. 지금부터는 실행하기가 조금 더 어렵지만, 일단 노력해 익숙해지면 글쓰기에 유용한 몇 가지 팁(tip)을 함께 살펴보겠습니다.

글쓰기에는 노력의 시간이 필요하다

앞서 글쓰기의 5대 원칙을 설명하고 이걸 잘 지키면 글을 잘 쓸 수 있다고 했지만, 사실 하루아침에 이룰 수는 없습니다. 실제로 "이렇게 하면 글을 잘 쓸 수 있다"라는 원칙은 다른 곳에서도 심심찮게 찾아볼 수 있습니다. 문제는 이 원칙들을 어떻게 익혀서 실제 글쓰기에 활용하느냐에 있죠. 이쯤에서 조금 실망스러운 얘기를 할 수밖에 없습니다. 어찌 보면 솔직한 '양심선언'이기도 합니다. 뭐냐고요? 글쓰기를 잘하려면 노력이 필요하다는 겁니다. 꾸준히 노력하고 시행착오를 거쳐야만 좋은 글쓰기가 몸에 익죠.

약간 실망했을 수도 있겠습니다만 모든 일이 다 그렇지 않을까요? 전 그렇다고 생각합니다. 성실한 노력의 시간 없이 얻을 수 있는 건 별로 없습니다. 제 개인적으로는 하나도 없다고 생각합니다만 그건 이견이 있을 수 있으니까 '별로 없다'라고 하겠습니다. 글쓰기도 마찬가지죠. 하지만 어떻게 글을 써야 한다는 원칙이나 그 원칙을 몸에 익히기 위해 필요한 게 무엇인지 제대로 알고 노력하는 것과, 그렇지 않고 무턱대고 노력하는 건 크게 다르겠죠. 노력의 결과가 완전히 달라질 거란 얘깁니다. 그래서 제가 이 책에서 강조하고 설명하는 내용은 모두 여러분의 '노력'에 밑거름이 될 중요한 재료들입니다. 그럼 글을 잘 쓰기 위해 꼭 필요한 몇 가지를 지금부터 함께 생각해 보죠.

쓰기 전에 많이 읽어라

고대 그리스의 유명한 철학자 아리스토텔레스는 "모방은 창조의 어머니"라고 했습니다. 뭐 이 말에 대해서는 서로 다른 의견이 있을 수 있습니다. 어떤 경우에는 해당이 안 될 수도 있고요. 하지만 적어도 글쓰기에서만큼은 아주 적절한 표현이라고 생각합니다. 좋은 글을 쓰려면 좋은 내용이 내 머릿속에 많이 들어 있어야 하겠죠. 어떤 작가들은 머릿속에 쓰고 싶은 내용이 넘쳐흐를 때가 돼야 글을 쓰기 시작한다고 말하기도 합니다. 그렇다면 내 머릿속에 쓰고 싶은 내용과 욕구를 어떻게 채울 수 있을까요? 저는 가장 기본적이고 중요한 방법이 '독서'라고 생각합니다. 저뿐만 아니라 글을 쓰는 많은 사람이 독서의 중요성에 고개를 끄덕일 거라고 믿습니다. 독서는 책뿐 아니라 신문, 잡지, 인터넷의 다양한 글을 모두 포함하겠죠.

중요한 건 잘 정제한 좋은 글을 많이 읽고, 그 과정에서 많이 생각하는 겁니다. 다른 사람이 쓴 글을 읽는다는 것은 그 사람의 글 쓰는 방식과 기술, 그 사람이 메시지와 내용을 전달하는 방법은 물론 그 작가의 생각과 주장, 논리, 감성까지 모든 것을 볼 수 있다는 뜻입니다. 그래서 좋은 글을 쓰고 싶은 사람이라면 누구라도, 이미 수많은 고민과 노력을 거쳐 대중에게 내놓은 좋은 글을 가능한 한 많이 읽고 익혀야 합니다. 처음엔 당연히 좋은 글의 쓰는 방식이나 기술, 논리, 표현 등을 따라 써보는 게 중요합니다. 갑자기 글쓰기 고수들의 문장을 뛰어넘어서 나 자신만의 독특하고 창조적인 문장과 글을 완성해 내는 것은 불가능하기 때문이죠. 그림이나 운동 등 다른 창조적인 작업에서도 똑같이 이런 모방을 통한 창조의 원칙이 대부분 맞아떨어집니다. 물론 모든 일이 그런 것처럼 어느 정도 예외는 있겠지만 말이죠. 하늘에서 툭 떨어진 천재 말입니다. 글쓰기 천재, 운동 천재 등등.

어떤 글이나 책을 많이 읽을지는 여러분 각자의 취향에 따라 달라질 수 있습니다. 소설을 좋아하고 소설 쓰기에 관심이 많다면 소설 위주로 읽으면 좋겠죠. 다른 사람과 토론하고 내 주장을 펼치는 것을 즐긴다면 신문의 칼럼이나 사설 같은 글이 도움이 될 것입니다. 에세이를 좋아하고 쓰고 싶으면 또 그 분야의 책을 보는 게 좋고요. 어떤 책이나 글이든, 일단 원하는 분야의 것부터 읽기 시작하는 게 첫걸음입니다. 독서가 습관이 되고 독서하는 과정에서 스스로 생각하고 상상하는 즐거움을 깨달으면 '이제는 뭔가 좀 써 보고 싶다'는 생각이 자연스럽게 들 겁니다. 결국 책이나 글을 읽는 행위는 내가 쓰고 싶은 글, 좋은 글을 쓰기 위해 나 자신의 '글쓰기 영양분'을 채우는 과정이라고 할 수 있습니다. 좋은 재료가 있어야 좋은 제품 혹은 음식이 탄생하는 건 변치 않는 원칙이고 당연한 결과겠죠. 여러분 모두 독서를 통해 좋은 영양분을 채우기 바랍니다. 그 과정에서 독서의 즐거움까지 깨닫는다면 더할 나위 없겠죠. 좋은 글을 많이 읽고 많이 따라 쓰다 보면, 어느새 나도 모르게 나만의 창조적인 좋은 글을 쓸 수 있는 능력을 조금씩 갖춰 갈 겁니다. 그 누구라도 말이죠.

수필이든, 에세이든, 소설이든, 칼럼이든 글의 유형에 관계없이 가장 필요한 기본적인 글쓰기 기술은 요약입니다. 요약 역시 앞서 5대 원칙에서 살펴본 짧고, 쉽고, 수동형과 수식어 없이, 축약을 활용해서 해야겠죠. 하하. 요약을 잘하는 건 정말 중요합니다. 사실 모든 글은 어떻게 요약하느냐에 따라 길게도 쓸 수 있고 짧게도 쓸 수 있기 때문입니다. A4 한 장 분량의 글을 A4 반 장, 혹은 서너 문장으로도 줄일 수도 있죠.

글을 늘리고 줄이는 것은 어떻게 보면 장난감 로봇 블록 끼우기와도 비슷합니다. 블록 수십 개를 여기저기에 끼워서 로봇을 크게 만들 수도 있고, 블록 몇 개만으로 아주 작은 로봇을 만들 수도 있는 것처럼 말이죠. 이런 방식의 대표적인 글쓰기가 '기사'입니다. 그 가운데에서도 '스트레이트 기사(straight articles)'가 글쓰기 요약을 설명하기에 적절합니다. 기사에는 여러 종류가 있는데 그 가운데 가장 기본적이고 대표적인 유형이 스트레이트 기사입니다. 스트레이트 기사는 사건, 사고 등의 정보 전달이 중심인 기사로 이른바 '5W1H' 중심의 기사라고도 합니다. 실시간 뉴스 속보가 대표적인 스트레이트 기사죠. 5W1H는 '언제(when) 어디서(where) 누가(who) 무엇을(what) 왜(why) 어떻게(how)'라는 육하원칙을 말합니다. 결국 어떤 사건이나 사고가 갑자기 터졌을 때 가장 빠르게, 사람들이 궁금해할 만한 내용의 정보를 담아 전달하는 기사라고 할 수 있죠. 그런데 이렇게 급박하게 전달하는 기사일수록 매번

5W1H를 완벽하게 담아서 전달하기는 어렵죠. 관련 내용 확인이 미처 안 됐을 수도 있고요. 그래서 스트레이트 기사는 가장 중요한 내용을 맨 첫 줄에 쓰고, 그다음으로 중요한 내용을 두 번째, 세 번째로 쓰는 형식을 따릅니다. 그리고 기사가 길어지면 아래 문장부터 하나씩 버립니다. 지금은 많은 사람들이 인터넷과 스마트폰으로 뉴스를 보기 때문에 기사의 분량이 길어도 큰 상관이 없지만, 모두가 종이 신문으로 기사를 볼 때는 그렇지 않았습니다. 취재 기자가 기사를 보내면 신문 지면 편집자가 그 내용을 보고 일부를 줄이거나 추가하도록 요구하는데, 스트레이트 속보 기사는 중요도에 따라 문장을 배치하기 때문에 분량이 넘치면 아래 문장부터 잘라 내는 게 관행입니다.

방송 뉴스도 마찬가지입니다. 정해진 시간에 다양한 뉴스를 신속하게 전달해야 하기 때문에 대부분의 스트레이트 기사는 길어야 네다섯 문장인 경우가 많죠. 그래서 취재 기자들은 중요한 내용을 앞 문장에 담아 효과적으로 전달하기 위해 노력하고 또 노력합니다. 이렇듯 스트레이트 기사는 요약과 압축, 우선순위 정하기의 과정이 다 들어간 글입니다. 지금부터 스트레이트 기사의 사례를 통해 요약의 중요성을 살펴보겠습니다.

[예시문 1] 약을 탄 사료를 먹여 길고양이 10여 마리를 숨지게 한 20대 남자가 경찰에 붙잡혔다.

서울 서초경찰서는 고양이 사료에 독극물을 바른 뒤 길고양이들에게 먹여 숨지게 한 혐의로 취업 준비생 김 모 씨(27)를 붙잡아 조사하고 있다고 26일 밝혔다.

경찰에 따르면 김 씨는 지난 2월 초부터 최근까지 5차례에 걸쳐 독이 든 고양이 사료를 자신이 사는 서울 서초구 방배동 원룸 주변에 사는 길고양이들에게 먹여 숨지게 한 혐의다. 경찰은 김 씨가 준 사료를 먹고 숨진 고양이가 13마리라고 밝혔다.

경찰은 공무원 시험 준비를 하고 있는 김 씨가 길고양이들의 울음소리에 화가 나 범행을 저지른 것으로 보고 추가 범행 여부를 수사하고 있다. 김 씨는 9급 공무원 시험에 3차례 떨어졌으며 다음 달 4번째 시험을 앞두고 있었던 것으로 알려졌다.

이번 사건을 계기로 동물의 생명권 보호를 위한 법적 장치를 강화해야 한다는 목소리가 다시 높아지고 있다. 동물보호연대 김길수 사무국장은 "가정에서 키우는 반려동물뿐 아니라 거리에서 살아가는 길고양이나 강아지도 똑같이 소중한 생명"이라며 "유기 동물을 폭행하고 죽이는 행위에 대한 처벌을 크게 강화해야 한다"라고 주장했다.

이 기사는 울음소리가 시끄럽다며 길고양이를 독살한 20대 남자가 경찰에 붙잡혔다는 내용입니다. 기사를 읽어 보면 앞서 살펴본 '5W1H'의 내용이 충실히 들어가 있다는 것을 알 수 있습니다. '취업 준비생 김 모 씨'(who)가 '지난 2월 초부터 최근'(when)까지 '서울 서초구 방배동 원룸 주변'(where)에서 '길고양이 13마리'(what)를 '시끄럽게 운다는 이유'(why)로 '독살했다'(how)는 것이죠. 여기에 추가 범행을 수사하고 있다는 내용과 동물 생명권 보호를 위해 처벌을 강화해야 한다는 의견까지 덧붙어 있습니다. 이렇게 다양한 내용을 다 쓰면 가장 좋겠지만 앞서 말한 것처럼 상황에 따라서는 이 내용을 좀 더 줄여야 할 필요가 있겠습니다. 네, 요약이 필요한 상황이 있다는 거죠. 그럼 지금부터 예시문을 줄여 보겠습니다. 이미 언급한 것처럼 스트레이트 기사는 중요한 내용을 맨 앞 문장에 쓰고 중요도가 낮을수록 뒤쪽에 쓰는 형식의 글이기 때문에 요약하고 줄이기가 어렵지 않습니다. 동물보호연대 사무국장의 말을 맨 먼저 빼고, 더 줄여야 한다면 김 씨가 공무원 4수생이라는 문장을 없앱니다. 그다음은 추가 범죄를 수사하겠다는 문장이 되겠죠. 이렇게 한 문장, 한 문장 줄이다 보면 결국 맨 위의 한 문장만 남을 수도 있습니다. 그럼 그 한 문장으로도 메시지나 내용 전달이 가능할까요? 같이 한번 보죠.

[수정문 1] 약을 탄 사료를 먹여 길고양이 10여 마리를 숨지게 한 20대 남자가 경찰에 붙잡혔다.

음, 어떻습니까, 여러분? '예시문 1'처럼 다양한 정보와 내용이 담기지는 않았지만 그래도 이 한 문장만으로 무슨 일이 일어났는지 어느 정도는 알 수 있지 않나요? 그래도 좀 부족하다고요? 그럼 다음 문장은 어떤가요?

[수정문 2]　시끄럽게 운다는 이유로 약 탄 사료를 먹여 길고양이 13마리를 숨지게 한 20대 공무원 취업 준비생이 경찰에 붙잡혔다.

한두 가지 사실 관계만 추가했는데도 꽤 정보가 풍부해졌습니다. 이렇게 한 문단의 글도 한 문장으로 요약할 수 있습니다. 물론 적절한 내용을 적절하게 배치해야 가능한 일이긴 합니다. 그래도 여전히 한 문장으로 쓰는 건 아쉽다는 분들을 위해 조금 더 늘려 보겠습니다.

[수정문 3]　약을 탄 사료를 먹여 길고양이 10여 마리를 숨지게 한 20대 남자가 경찰에 붙잡혔다.

서울 서초경찰서는 고양이 사료에 독극물을 바른 뒤 길고양이들에게 먹여 숨지게 한 혐의로 취업 준비생 김 모 씨(27)를 붙잡아 조사하고 있다고 26일 밝혔다.

경찰에 따르면 김 씨는 지난 2월 초부터 최근까지 5차례에 걸쳐 독이 든 고양이 사료를 자신이 사는 서울 서초구 방배동 원룸 주변의 길고양이들에게 먹여 숨지게 한 혐의다.

경찰은 공무원 시험 준비를 하고 있는 김 씨가 길고양이들의 울음소리에 화가 나 범행을 저지른 것으로 보고 추가 범행 여부를 수사하고 있다.

'수정문 3'이 가장 일반적인 스트레이트 기사입니다. 리드(lead: 기사의 핵심 내용과 메시지를 담은 첫 문장) 한 문장과 사실 관계를 담은 본문(body) 세 문장입니다. 이렇게 요약은 글쓰기를 잘하기 위한 가장 기본적이고 중요한 기술이자 팁입니다. 몸에 익혀 자유자재로 활용할 수 있도록 시간을 들여 노력해야 하는 것은 당연하겠죠.

이번엔 스트레이트 기사처럼 정리를 잘한 전문가의 글을 요약하는 게 아니라 일반인의 글을 요약해 보겠습니다. 사실 스트레이트 기사는 이미 적절하게 축약한 문장을 중요한 순서대로 미리 배치한 글이기 때문에 요약하는 데 큰 어려움이 없습니다. 기사는 글쓰기 전문가인 기자가 쓰니까요(물론 모든 기자가 다 글을 잘 쓰는 건 아닙니다만). 하지만 일반인들이 쓰는 글은 또 다르죠. 다음 글을 한번 보죠.

[예시문 2] 21세기 현대 사회에서 우리 세계는 세계화를 통해 움직인다. 모든 나라가 세계화에 힘을 쏟고 있고, 세계화를 통해서만 교류가 가능하다. 세계화는 문화, 환경, 물품, 정치, 경제 등을 다른 나라와 교류하는 것이다. 하지만 무분별한 세계화 때문에 많은 문제가 발생하고 있다. 세계화를 통해 가난한 나라와 사람들은 더 가난해지고 부자인 나라는 더 잘살게 됐다. 지식과 기술, 부의 집중도 점점 더 커지면서 불평등해졌다. 한국은 물론 미국, 유럽, 일본 등 다른 나라에서도 이런 현상은 갈수록 커지고 있다. 잘사는 나라들은 중요한 기술을 독점하고 있고 못사는 나라는 접근할 수 없게 한다. 잘사는 나라 안에서도 잘사는 사람들은 모든 것을 다 가져가 더 잘살고, 못사는 사람들

은 갈수록 더 못살게 되고 있다. 이러한 세계화는 부작용이 많기 때문에 다양한 논의를 거쳐 수정하고 보완해야 한다.

'예시문 2'의 글은 어떻습니까? 아마 대부분 '이게 무슨 말이지?' '뭔가 빠진 것 같은데……' 등의 생각을 할 겁니다. 왜 그럴까요. '예시문 2'의 가장 큰 문제점은 글쓴이가 하고 싶은 이야기나 주제를 제대로 요약하지 않았다는 것입니다. 세계화에 부정적인 문제가 있다는 이야기를 하려는 것으로 보입니다만 세계화에 대한 명확한 정의와 요약이 일단 이 글에 없습니다. 당연히 글을 읽는 사람이 헷갈릴 수밖에 없죠. 게다가 세계화 때문에 많은 문제가 발생하고 있고, 지식이나 기술, 부의 쏠림 현상이 더 커지고 있다고 주장하면서도 그 '근거'가 무엇인지에 대해서는 아무런 언급이 없습니다. 그런 상황에서 무턱대고 세계화를 수정·보완해야 한다고 하니 독자들은 난감할 따름이죠. 세계화의 정의도 정확하게 모르겠는데 그게 좋은지 나쁜지, 그 기준이나 근거가 무엇인지도 얘기하지 않으니 독자가 글의 내용을 이해하는 건 사실상 불가능한 일입니다.

결국 좋은 글, 공감이 가고 이해하기 쉬운 글을 쓰려면 가장 먼저 해야 할 일이 글의 소재나 주제, 근거 등에 해당하는 내용을 명확하게 요약해 전달할 수 있어야 합니다. 그런 흐름에 맞춰 '예시문 2'를 조금 고쳐 보겠습니다.

[수정문 1]　21세기 현대 사회에서 세계화는 불가피한 선택이다. 항공 운송 수단의 발달을 넘어 디지털 정보 통신 기술의 발달로 물리적인 국경은 큰 의미가 없어졌다. 지구 반대편 나라에 사는 사람과 실시간으로 얼굴을 보며 대화를 나눌 수 있고 클릭 한 번으로 전 세계의 물건을 살 수 있는 이른바 '지구촌' 사회가 됐다. 이를 통해 상품은 물론 문화, 정치, 사회, 경제 각 분야의 모든 것이 세계화의 흐름 안에서 하나가 된다. 하지만 세계화는 지식과 기술, 부의 집중을 더 가속화하는 부작용이 있다. 잘사는 나라는 못사는 나라의 값싼 노동력을 활용해 상품을 생산 판매해 더 큰 이익을 얻는다. 이런 현상은 한 국가 안에서도 빈익빈 부익부의 형식으로 적지 않게 일어난다. 세계화의 부작용을 줄일 수 있는 다양한 논의가 필요하다.

'수정문 1'에서도 다양한 사례를 넣지는 않았지만 세계화가 무엇이고 왜 세계화가 됐는지에 대한 개념 요약이 들어 있습니다. 또 가난한 나라의 값싼 노동력을 활용한 부의 창출이라는 사례를 통해 세계화가 왜 빈익빈 부익부 현상을 불러오는지 그 근거를 제시하고 있습니다. 결국 좋은 글은 독자들이 읽으면서 바로 이해하고 공감할 수 있는 글입니다. 그리고 그 핵심 가운데 하나가 바로 지금까지 얘기한 요약의 기술이죠. 좋은 글을 쓰는 첫걸음은 바로 좋은 요약에서 시작합니다.

　글을 쓸 때 다른 사람의 공감을 얻는 게 중요하다고 여러 차례 강조했습니다. 뭐, 당연하죠. 글은 다른 사람의 공감을 얻으면서 내 주장을 펼치거나, 읽는 사람을 설득하거나 하는 목적으로 쓰는 경우가 많으니까요. 그런데 다른 사람의 공감을 얻는 글을 쓰려면 사실, 의견, 주장을 잘 구분해서 필요한 곳에 필요할 때 쓰는 전략이 반드시 필요합니다. 그럼 사실과 의견, 주장은 뭐가 어떻게 다를까요?

　국어사전을 찾아보면 사실(fact)은 "실제로 있었던 일이나 현재 있는 일"이라고 정의하고 있습니다. 의견은 "어떤 대상이나 현상에 대해 갖고 있는 생각"이고요, 주장은 "자신의 의견이나 주의를 굳게 내세움"입니다. 사전의 정의를 읽어 보니 사실, 의견, 주장이 서로 다르다는 걸 쉽게 알 수 있습니다. 그런데 실제로 글을 쓰거나 다른 사람과 대화하거나 혹은 토론하다 보면 사실, 의견, 주장을 잘 정리해 적재적소에 내놓는 게 생각보다 쉽지 않다는 걸 알 수 있습니다. 이걸 잘하는 사람이 말도 잘하고 논쟁에서도 이길 가능성이 높죠. 글쓰기 역시 더 잘할 겁니다. 왜일까요? 그 사람의 말과 글이 다른 사람들의 공감을 얻을 가능성이 더 크기 때문입니다. 그럼 어떻게 이 세 가지 재료를 잘 활용할 수 있을까요.

　사실, 의견, 주장이 들어간다면 일반적으로 논리적인 글이나 말일 가능성이 높습니다. 그리고 글쓰기든 말하기든 논리적인 글이 상대방에게 먹히려면 '사실 - 의견 - 주장' 순서로 쓰거나 말하는 게 좋습니다. 가끔

TV에서 하는 심야 토론 프로그램 같은 걸 보고 있으면 토론에 나온 참석자들(주로 정치인이 많죠)이 서로 흥분해서 사실과 의견, 주장을 뒤섞어서 생각나는 대로 말하며 싸우는 상황을 보게 됩니다. 음, 뭐랄까 전혀 공감할 수 없고 씁쓸한 웃음만 나오는 그런 장면이죠. '너는 떠들어라, 나는 이렇다' 뭐 이런 모습. 대화가 아니라 서로 벽에다 대고 자기 하고 싶은 말만 떠드는 그런 '불통 토론'의 전형입니다. 결국 조리 있고 설득력 있는 주장을 펼치려면 사실 관계를 명확하게 전달한 뒤 이에 대한 자신의 의견을 내비치고, 이후 다양한 근거나 사례를 덧붙여 주장해야 합니다. 그럼 사례를 들어 함께 살펴보죠.

[예시 상황] 정체불명의 바이러스가 퍼져 수만 명이 감염되고 수백 명이 사망하는 국가 재난 상황이 왔음. 정부는 감염 확산을 막기 위해 '사회적 거리 두기'의 필요성을 강조하며 불필요한 외출을 제한함. 국가 경제가 크게 위축되고 실업자가 급증하자 국민에게 긴급 재난 지원금을 주기로 결정함. 하지만 소득 하위 40%에게만 1인당 50만 원을 지급하기로 하자 사회적 논란이 일고 있음.

이 예시 상황에서는 자신이 지원금을 받을 수 있는지, 어떤 정치적·사회적 철학이나 생각을 가지고 있는지 등에 따라 사람마다 다양한 주장을 내놓을 수 있습니다. 실제로 2020년 초 코로나19 바이러스가 전 세계로 퍼지는 상황에서 이런 논란이 벌어졌죠. 인터넷 기사 댓글로 누리꾼들이 설전을 벌이기도 했고, TV 토론 프로그램에 정부 관계자와 정치인, 전문가들이 나와 갑론을박하기도 했죠. 이렇게 자신의 상황이나 정치적 이념 등에 따라 지향점이 명확하게 다른 사안일수록 사실과 의견, 주장을 명확하게 분리해서 논리적인 주장을 펼치는 게 중요합니다. 그래야 다른 사람을 설득할 수 있고, 설득은 못 하더라도 최소한 '그래, 저렇게 생각하고 주장할 수 있겠다'는 공감을 얻을 수 있기 때문입니다.

지금부터 두 가지 주장을 펼쳐 보겠습니다. 첫 번째는 '소득 기준으로 나누지 말고 전체 국민에게 긴급 재난 지원금을 줘야 한다'는 주장입니다. 두 번째 주장은 '소득 하위 40%에게 긴급 재난 지원금을 주기로 한 정부의 결정이 바람직하다'입니다. 먼저 '사실'부터 정리해 보겠습니다.

[사실] 정체불명의 바이러스 확산으로 경제가 침체하자 정부가 소득 하위 40%에게 1인당 50만 원씩 긴급 재난 지원금을 주기로 결정함.

이에 대해 '모든 국민에게 긴급 재난 지원금을 지원해야 한다'고 주장하려면 그 주장을 뒷받침할 의견과 근거가 필요합니다.

[의견] 소득 하위 40%뿐 아니라 전 국민에게 긴급 재난 지원금을 주는 게 바람직하다고 생각한다.

[근거] 재난 상황을 맞은 것은 소득 하위 국민뿐만 아니라 전 국민이

다. 긴급 재난 지원금은 국민이 낸 세금이 그 재원인 데다 상대적으로 소득 상위자들이 더 많은 세금을 내는 상황에서 재난 지원금을 아예 지원하지 않는 것은 형평의 원칙에도 맞지 않는다. 급여 생활자는 소득이 100% 드러나기 때문에 탈세가 원천적으로 불가능하지만, 자영업자는 현금 매출 등 드러나지 않는 소득이 많아 실제 소득 수준이 높은데도 소득 하위자로 분류되는 경우도 적지 않다.

[주장] 따라서 재난 지원금을 주려면 국민 모두에게 공평하게 줘야지 소득수준을 기준으로 일부에게만 지원하면 사회적 갈등만 더 부추길 수 있다.

다음은 소득 하위 40%에게만 지원하는 게 바람직하다는 주장을 펼쳐 보죠.

[사실] 정체불명의 바이러스 확산으로 경제가 침체하자 정부가 소득 하위 40%에게 1인당 50만 원씩 긴급 재난 지원금을 주기로 결정함.

[의견] 소득 하위 40%에게 긴급 재난 지원금을 주는 게 바람직하다고 생각한다.

[근거] 모든 국민이 재난 상황에 빠진 것은 사실이지만 소득 수준에

따라 겪는 어려움에는 차이가 있다. 소득 수준이 낮을수록 실업이나 급여 삭감 등의 위험성도 높다. 모든 국민에게 긴급 재난 지원금을 준다면 이상적이겠지만 그렇게 하기엔 국가의 재정 부담이 너무 크다. 자영업자의 소득 규모가 제대로 드러나지 않는 문제는 사회 시스템을 구축해 바로잡을 문제지 다급한 재난 상황을 수습하기 위한 정부의 긴급한 정책을 가로막는 논리로 제시하는 것은 바람직하지 않다.

[주장] 따라서 일부 이견이 있지만 현재 상황에서는 우선 소득 하위 40%에게 긴급 재난 지원금을 준다는 정부 정책은 합리적이다.

앞서 언급했지만 자신의 상황이나 이념에 따라 다른 주장을 펼칠 수밖에 없는 사안에 대해 양쪽이 모두 만족하는 타협안을 찾아내기란 쉽지 않습니다. 하지만 자신의 주장을 펼치더라도 얼마나 논리적으로, 반대쪽 사람들이 동의는 못 하더라도 그 주장을 이해는 할 수 있게 자신의 논리를 펼치는 것은 중요합니다. 그리고 그런 글쓰기(때로는 말하기)를 하려면 사실, 의견, 근거, 주장을 조목조목 잘 나눠서 짜임새 있게 구성하는 능력을 갖출 필요가 있습니다.

지금 여기서는 상대적으로 복잡하지 않은 사안에 대해 짧게 논리를 구성하는 연습을 해 봤습니다만 실제 현실에서는 훨씬 복잡한 이슈와 맞닥뜨릴 가능성이 큽니다. 하지만 걱정할 필요는 없습니다. 천 리 길도 한 걸음부터니까요. 간단한 이슈와 문장부터 차근차근 연습하고 쌓아

가면 어느새 나도 모르게 복잡한 상황에서도 논리적이고 설득력 있는 글을 쓸 능력을 갖추게 될 테니까요. 결국 얼마나 꾸준하게 노력하고 견뎌 내느냐, 얼마나 성실하게 반복하고 신경 쓰느냐가 그 성패를 좌우합니다. 뭐, 왕도는 없습니다. 누가 더 노력하느냐죠. 단군 신화의 곰과 호랑이처럼 말입니다.

유형별 핵심 글쓰기 전략

글쓰기의 종류, 그러니까 유형을 분류하는 건 사실 굉장히 다양한 방법과 기준이 있을 수 있습니다. 보통 글은 시, 소설, 수필, 평론, 희곡, 대본 등 장르로 구분하는 게 일반적이죠. 그런데 여기서는 그런 장르보다는 내용에 따라 글을 분류해 보려고 합니다. 이 책은 '어떻게 하면 글을 잘 쓸 수 있을까'에 초점을 맞추고 있으니까요.

여기서는 내용에 따라 글을 크게 세 가지로 나누겠습니다. ① 요약, ② 논술, ③ 작문입니다. 내용에 따른 분류와 장르에 따른 분류의 차이는 간단합니다. 내용 분류인 요약, 논술, 작문은 다양한 장르에 다양하게 들어가죠. 한 예로 소설에는 요약, 논술, 작문이 다 들어갑니다. 평론이나 수필도 그럴 수 있죠. 각 장르의 특징에 따라, 글쓴이의 성향에 따라 요약, 논술, 작문이라는 글의 유형을 각자 개성에 맞게 활용한다는 겁니다.

요약은 말 그대로 어떤 상황이나 사건, 현상, 설명 등을 독자가 알기 쉽게 정리하는 것을 말합니다. 앞서 몇 차례 언급한 것처럼 요약은 매우 기본적이면서도 효과적인 글쓰기 전략입니다. 어떤 글을 써서 메시지나 내용 혹은 자신의 생각이나 주장 등을 다른 사람에게 전달하려면 그 기본 소재가 되는 내용을 알기 쉽게 요약해서 쓸 수 있어야 하기 때문입니다. 조금 더 강력히 말하면, 요약을 제대로 못 하는 사람은 절대 좋은 글을 쓸 수 없습니다. 그만큼 요약은 글쓰기 기법의 가장 필수적이고 우선적인 기술이죠. 첫 단추이자 첫걸음입니다.

논술은 어떤 사건이나 상황, 현상 등에 대해 논리적인 근거를 들어 자신의 주장을 펼치는 글입니다. 신문이나 잡지의 칼럼과 사설이 대표적인 논술문이죠. 논술을 하려면 먼저 논술의 대상이 되는 사안을 요약해야 하고, 여기에 자신의 의견이나 주장을 논리적인 근거를 들어 설명하고 강조해야 합니다. 방송으로 치면 토론 프로그램이 대표적이죠. 정치적·사회적으로 첨예한 이슈들이 발생하면 신문이나 방송뿐 아니라 온라인상에서도 다양한 토론이 치열하게 벌어집니다. 그런데 그 내용을 찬찬히 들여다보고 있으면 '제대로인' 논객은 별로 없다는 걸 알 수 있습니다. 토론이나 논술은 '합리적인 근거를 토대로 한 주장'이 생명인데 사람들은 이런 기본 원칙을 무시한 채 무조건 내 주장이 맞고, 네 주장은 틀리다는 식으로 행동합니다. 상대방의 논리가 합당한지 따지지 않고 들으려고 하지도 않습니다. 때로는 동문서답을 하고 논점을 흐리며 상대방을 매도하는 경우도 적지 않죠. 이러면 토론이나 논술을 제대로 진행할 수 없습니다. 아주 좋게 봐줘 봐야 그냥 말싸움에서 이긴 거죠. 그나마도 상대방은 전혀 수긍하지 않는 혼자만의 승리고요. 반대로 진정한 승리를 원하는 분이라면 논술 능력을 키워야 합니다. 그래야 상대방이 논리적으로 어쩔 수 없는 패배를 인정하겠죠.

마지막 유형은 작문인데 작문은 어찌 보면 최상급 코스라고 할 수 있습니다. 넓은 의미에서 보면 작문 안에 요약, 논술 등이 다 포함된다고 할 수 있죠. 글쓴이의 글솜씨, 글쓰기 능력이 가장 크게 차이가 나는 유형도 작문입니다. 작문은 말 그대로 글쓴이가 창조적으로 만들어 내는 것이죠. 요새 많이 쓰는 말로 '스토리텔링', 그러니까 재미있는 이야기를 만들어 내는 게 작문입니다. 큰 인기를 끌었던 영화나 드라마 시나리오, 대본부터 인기 소설 등이 모두 작문의 영역에 들어가는 글입니다. 수필, 시, 평론 등도 모두 작문이죠. 요약이나 논술 등 1, 2단계 글쓰기 기법을 갈고닦은 사람들이 글쓰기의 최고봉이라고 할 수 있는 작문의 영역에 도전합니다. 여기서 유명 작가와 평론가, 수필가가 탄생하죠.

독자들은 그들이 만들어 낸 문장 속에서 상상하고 공감하며, 때로는 눈물을 흘리고 탄성을 지르며 그 이야기에 빠져듭니다. 많은 사람이 공감하고 몰입하는 글(작문)은 영화가 되고 드라마가 됩니다. 온라인상에서 큰 인기를 얻은 웹툰 역시 영화나 드라마로 제작해 큰 성공을 거두는 경우가 많습니다. 많은 사람이 공감할 수 있는 이야기를 만들어 흥미롭게 이끌고 나가는 작문 능력이 있어야만 가능한 일입니다. 그만큼 가장 터득하기 어렵고 복잡한 글쓰기 능력이기도 합니다.

그러면 지금부터 어떻게 하면 요약, 논술, 작문이라는 글쓰기의 3대 유형을 정복할 수 있을지 하나하나 알아보겠습니다. 사실 이 책을 정독한다고 해서 바로 글쓰기를 잘할 수 있다고 자신할 수는 없습니다. 제가 이 책에서 여러분에게 제시하는 팁도 완벽하다고 할 수는 없고요. 하지만 이 책에 나오는 내용을 바탕으로 시간과 노력을 들여 글쓰기에 꾸준히 도전한다면 이전과는 확연하게 다른 글쓰기 능력을 갖출 수 있을 겁니다. 그건 분명합니다. 그럼 지금부터 하나씩 시작해 보겠습니다.

Step 1 요약

요약의 비법을 터득하는 첫걸음은 내용의 핵심을 파악하는 것입니다. 건물로 말하자면 그 뼈대가 되는 철골 같은 겁니다. 건물을 짓는다고 가정해 보겠습니다. 설계 도면을 그린 뒤 맨 처음에 하는 작업이 건물의 뼈대에 해당하는 철골 구조물을 세우는 것입니다. 이어서 시멘트와 벽돌 등등을 가지고 건물의 외벽과 틀을 잡고, 그 후에 각종 전기, 수도 등 시설을 설치합니다. 그리고 나서 색을 칠하거나 다양한 장식품으로 내외부를 마감하죠. 요약은 여기서 철골 구조물과 같은 겁니다. 글의 가장 핵심적인 내용을 가능한 한 짧게 줄여서 보여 주는 거죠. 시멘트나 벽돌, 각종 시설 등은 글로 따지면 설명과 수식어, 사례 들기 등이라고 할 수 있습니다. 건물도 뼈대가 튼튼해야 안전한 것처럼 글도 그 핵심 내용, 그러니까 요약의 대상이 되는 내용이 탄탄해야 그 위에 설명, 수식어, 사례 등을 덧붙여도 모양새 있고 짜임새 있는 글이 됩니다.

그렇다면 어떻게 해야 요약을 잘할 수 있을까요? 글 전체에서 설명, 수식어, 사례 등을 찬찬히 찾아내 걷어 내고 핵심 내용을 최대한 단순화해서 쉽게 풀어 쓰면 됩니다. 말은 쉽지만 실제로 해 보면 간단치는 않습니다. 지금까지 그랬던 것처럼 사례를 들어서 함께 해 보겠습니다.

[예시문] 언론 분쟁은 결국 기자와 취재원, 기자와 일반인, 기자와 사회 사이의 신뢰에 문제가 생기면서 일어난다. 취재원이 기자를 믿고 진실한 내용을 말하고, 기자는 객관적이고 공정하게 보도한다면 이들 사이에 분쟁이 끼어들 틈은 없다. 이런 이상적인 취재 보도가 가능하려면 서로에게 믿음과 신뢰가 있어야 한다. 그리고 취재원과의 신뢰는 기자가 만들어 가야 한다. 그러려면 '기자 같지 않은 기자'가 돼야 한다. 사람들은 기자라고 하면 어떤 인상을 떠올릴까. 많은 사람이 논리적이고 날카로운 이미지, 항상 무엇인가를 캐내려고 하는 그런 이미지로 기자를 기억한다. 건방지다, 다른 사람의 처지는 생각하지 않는다, 항상 대접받는다, 기사를 위해서는 무엇이든 한다는 등의 말과 연관 지어 기자를 생각하는 사람도 많다. 찬찬히 살펴보면 무엇 하나 좋은 내용이 없다. 부정적으로 보거나 두려워하거나 꺼리는 그런 단어나 표현 속에 한국 사회 기자의 모습이 들어 있다. 그렇지 않은 기자도 많다고 소리쳐 보지만, 여전히 이런 사회적 선입견이 많은 건 아

직도 그럴 만한 이유가 있는 것이다. 그렇게 생각하는 게 맞다. 그렇다면 지금부터라도 기자 한 사람 한 사람이 자신을 바꿔 간다면, 새로 기자 생활을 시작한 당신이 그 이전 선배들의 잘못된 행동을 따라하지 않는다면 어떨까. 논리적이지만 부드러운 기자, 무엇인가 파헤치고 문제점을 찾기 위해 밤을 새우면서도 딱한 사정에 귀 기울일 줄 아는 기자, 건방지기보다는 먼저 고개를 숙일 줄 아는 기자, 점심을 대접받았으면 커피 한잔이라도 살 줄 아는 기자, 내가 이렇게 물으면 상대방이 어떻게 느낄지 한 번쯤은 생각해 보는 기자. 그리고 아무리 큰 특종이라도 원칙과 정도에 어긋난다면 미련 없이 떨쳐 버릴 수 있는 기자.

　기자 같지 않은 기자가 많아질 때 취재원, 아니 우리 사회와 언론이 신뢰 관계를 회복하고 언론 보도에 따른 분쟁도 줄어들 것이다. 언론 보도 분쟁을 해결하는 빠르고 쉬운 길이라고 할 수는 없지만 장기적으로 볼 때 가장 튼튼하고 넓은 길은 바로 이런 기자들만이 만들어 갈 수 있다고 필자는 생각한다. 기자 같지 않은 기자가 많아지고 이런 흐름에 발맞춰 언론 보도 분쟁은 '봄볕에 눈 녹듯' 자꾸 사라지는, 그런 사회를 그려 본다.

이상록, 「에필로그」, 『언론 분쟁 뛰어넘기』(2011).

'예시문'은 유형으로 보면 논술에 가깝습니다. 언론 분쟁을 없애려면 (혹은 줄이려면) 어떻게 해야 하는지에 대한 글쓴이의 생각을 근거를 들

누구나 알지만 아무나 못 하는, 글쓰기 비법

어 주장하는 형식의 글이니까요. 그래서 이 글에는 사실 관계뿐 아니라 사례나 비유 등도 곳곳에 들어 있습니다. 독자의 감성을 자극하거나 공감을 유도하기 위한 표현도 있죠. 앞서 말한 것처럼 요약은 이렇게 다양한 유형의 문장과 표현이 섞여 있는 글에서 꾸밈을 걷어 내고 핵심 뼈대만 골라내는 기술입니다. 감성적이거나 화려하기보다는 핵심을 다소 무미건조하게 설명해 주는 문장들이죠. '예시문'을 요약해 봤습니다.

[수정문 1] 언론 분쟁은 결국 기자와 취재원, 일반인, 사회 사이의 신뢰에 문제가 생기면서 일어난다. 취재원이 기자를 믿고 진실한 내용을 말하고, 기자는 객관적이고 공정하게 보도한다면 이들 사이에 분쟁이 끼어들 틈은 없다. 취재원과의 신뢰는 기자가 만들어 가야 한다. 사람들은 기자라고 하면 날카로운 이미지, 항상 캐내려고 하는 사람으로 기억한다. 건방지다, 다른 사람의 처지는 생각하지 않는다, 대접받는다, 기사를 위해서는 무엇이든 한다는 이미지도 많다. 이런 이미지를 바꾸려면 논리적이지만 부드럽고, 취재를 위해 밤을 새우면서도 딱한 사정에 귀 기울일 줄 알아야 한다. 건방지기보다는 겸손하고, 내가 이렇게 물으면 상대방이 어떻게 느낄지 한 번쯤은 생각해야 한다. 그리고 아무리 큰 특종이라도 원칙과 정도에 어긋난다면 미련 없이 떨쳐 버릴 수 있어야 한다.

이런 기자가 많아질 때 언론에 대한 사회적 신뢰가 쌓이고 자연히 언론 보도에 따른 분쟁도 줄어들 것이다. 언론 보도 분쟁을 해결하는 빠르고 쉬운 길이라고 할 수는 없지만 이것이 장기적으로 볼 때 가장 튼튼하고 넓은 길이라고 필자는 생각한다.

'예시문'과 '수정문 1'을 비교하면 우선 글의 길이가 많이 줄어들었다는 걸 알 수 있습니다. 필요하다면 '수정문 1'도 절반 혹은 그 이하로 요약할 수 있습니다. 감성적인 표현이나 문장도 꽤 많이 줄어들었습니다. 앞서 언급한 것처럼 요약할 때는 이런 부분들을 빼는 게 더 효과적이기 때문이죠. '예시문 1'에서 필자가 하고자 하는 이야기의 핵심은 뭘까요? 그걸 중심으로 전체 글의 분량을 줄이거나 늘릴 수 있습니다. '수정문 1'을 더 짧게 줄여 보겠습니다.

[수정문 2] 언론 분쟁은 결국 기자와 취재원, 일반인, 사회 사이의 신뢰에 문제가 생기면서 일어난다. 취재원이 기자를 믿고 진실한 내용을 말하고, 기자는 객관적이고 공정하게 보도한다면 이들 사이에 분쟁이 끼어들 틈은 없다. 취재원과의 신뢰는 기자가 만들어야 한다. 기자는 날카롭고, 건방지고, 기사를 위해서는 무엇이든 한다는 이미지에서 벗어나야 한다. 논리적이지만 부드럽고 때로는 인간적이고 겸손하며, 아무리 큰 특종이라도 원칙과 정도에 어긋난다면 미련 없이 떨쳐 버릴 수 있어야 한다.

이런 기자가 많아질 때 언론에 대한 사회적 신뢰가 쌓이고 자연히 언론 보도에 따른 분쟁도 줄어들 것이다. 빠르고 쉬운 길은 아니지만 가장 튼튼하고 넓은 길이라고 필자는 생각한다.

[수정문 3] 언론 분쟁은 기자와 취재원, 일반인, 사회 사이의 신뢰에 문제가 생기면서 일어난다. 취재원이 기자를 믿고 진실한 내용을 말하고, 기자는 객관적이고 공정하게 보도한다면 이들 사이에 분쟁이 끼어들 틈은 없다. 취재원과의 신뢰는 기자가 만들어야 한다. 언론에 대한 사회적 신뢰가 쌓이면 언론 보도에 따른 분쟁도 줄어들 것이다.

[수정문 4] 언론 분쟁은 기자와 취재원 사이의 신뢰에 문제가 생기면서 일어난다. 취재원과의 신뢰는 기자가 만들어야 한다. 언론에 대한 신뢰가 쌓이면 언론 보도 분쟁도 줄어들 것이다.

결국 '예시문'의 핵심 내용은 '기자와 취재원 사이에 신뢰가 생기면 언론 분쟁은 줄어들 것이고, 그 신뢰는 기자가 주도적으로 쌓아 나가야 한다'는 것입니다. 이 내용을 효과적으로 설명하기 위해 이런저런 예시와 사례를 들고 다양한 수식어와 표현을 활용한 것이죠. 하지만 이 내용을 요약할 때는 그 필요에 따라 원래 글의 절반 정도 분량으로도 줄일 수 있고 그보다 더 짧게 줄일 수도 있습니다. '수정문 4'처럼 세 문장으로 줄일 수도 있죠. 방금 설명한 것처럼 두 문장으로도 가능하고요. 요약 기술은 글의 분량을 효과적으로 줄인다는 측면에서 중요하고 효율적이지만 더 핵심적인 중요성은 따로 있습니다.

바로 살을 붙일 수 있는 '뼈대를 찾아내는 방법'을 터득할 수 있다는 것입니다. 뼈대를 정확하게 골라낼 수 있으면 그다음은 사실 기술적인 문제입니다. 필요한 것들을 뼈대의 이곳저곳에 적절하게 갖다 붙이면 그만이기 때문입니다. 그런 측면에서 저는 가끔 글쓰기가 블록으로 뭔가를 만드는 것과 비슷하다는 생각을 합니다.

결국 글을 잘 요약하는 것은 더 길고 화려한(?) 글을 쓰기 위한 토대를 만드는 것과 같습니다. 건물 짓기의 기초 공사인 셈이죠. 앞서 얘기한 것처럼 다음 단계인 논술과 작문을 잘하려고 해도 요약의 기술은 필수적입니다. 3장에서 요약, 논술, 작문 등 유형별 구체적인 사례와 글쓰기 방법을 더 자세하게 다양한 사례를 들어 알아보겠습니다. 일단 2장에서는 글 전체를 관통하는 메시지의 핵심 내용을 추려 내고 앞서 알아본 글쓰기 대원칙에 맞게 단순명료하고 쉽게 줄이는 것이 요약의 기본 기술이라는 것만 머릿속에 담고 가겠습니다. 자연히 요약을 잘하기 위해서는 글의 핵심 내용이 무엇인지 찾아내 쉽고 짧게 정리하는 역량을 길러야겠죠. 수많은 연습과 노력이 필요한 일입니다.

Step 2 논술

논술은 요약의 기술보다 조금 더 복잡합니다. 요약보다 더 고급 기술이니까 어쩌면 당연한 일입니다. 논술은 말 그대로 논리적으로 내 주장을 펼치는 글이며, 논술의 말하기 버전이 토론이라고 보면 딱 맞습니다. 신문의 사설이나 칼럼이 대표적인 논술문이고요. 기자나 PD 등 언론사 입사 시험을 볼 때도 논술 시험은 피해 갈 수 없죠. 대학 입시에도 논술 전형이 있고요. 프랑스에서는 대부분의 대학에서 '바칼로레아'라는 논술형 대입 자격시험을 통해 신입생을 선발합니다. 20점 만점에 10점 이상을 얻어야 합격인데, 이 시험에 합격하면 그랑제콜(프랑스의 엘리트 고등 교육 기관으로 바칼로레아에서 우수한 성적을 거둔 고등학생들을 따로 선발해 2년 동안 그랑제콜 준비반에서 공부하게 한 뒤 그랑제콜 입학 시험을 보게 함)을 제외하고는 어느 대학에나 별도의 시험 없이 지원할 수 있습니다.

바칼로레아는 경제학, 사회과학, 철학, 역사와 지리, 프랑스어, 수학 등 8개 분야로 나눠 치르는데 거의 대부분이 논술형입니다. 특히 배점이 가장 높은 철학 시험은 세 개 주제 가운데 한 개를 선택해 4시간 동안 논술해야 합니다. 프랑스에서는 매년 6월 바칼로레아 시험을 치르고 나면 그해의 철학 논술 문제를 놓고 사회 각계각층의 인사들은 물론 일반인들도 열띤 토론을 벌이곤 합니다. 그 정도로 철학 논술이 큰 사회적 관심사입니다. 바칼로레아 철학 논술 문제가 프랑스의 지성을 가늠하는 하나의 기준이 된다고 보는 것이죠. 그럼 바칼로레아 철학 논술에는 어떤 문제들이 나올까요?

- 꿈은 필요한가?

- 행복은 단지 한순간 스치고 지나가는 것인가?

- 죽음은 인간에게서 모든 것을 박탈해 가는가?

- 스스로 의식하지 못하는 행복이라는 것이 가능한가?

- 타인을 이해한다는 것은 무엇인가?

- 나는 누구인가라는 질문에 정확하게 답할 수 있는가?

- 나는 육체를 갖고 있는가, 혹은 육체인가?

- 욕망하는 것은 육체인가 정신인가?

- 내가 소유하고 있는 것, 혹은 내가 소유하고 있다고 생각하는 것
  가운데 진정으로 내가 소유하고 있는 것은 무엇인가?

- 철학이 세상을 바꿀 수 있는가?

- 자기 자신을 아는 것보다 다른 사람을 아는 것이 더 쉬운가?

- 대화가 진리에 이르는 길인가?

- 상상과 현실은 모순되는가?

- 예술 없이 아름다움을 말할 수 있는가?

- 우리는 왜 아름다움에 이끌리는가?

- 삶이 아름다웠더라도 예술은 존재했을까?

- 우리는 과학적으로 밝혀진 것만을 진리로 받아들여야 하는가?

- 인간은 기술로부터 무엇을 기대할 수 있는가?

- 권리를 수호한다는 것과 이익을 옹호한다는 것은 같은 뜻인가?

- 노동은 욕구 충족의 수단에 불과한가?

- 자유는 주어지는 것인가, 아니면 싸워서 얻어 내야 하는 것인가?

- 선택할 수 있는 권리를 가진 사람은 충분히 자유로운 것인가?

- 인간은 누군가 통치해야 하는 존재인가?

- 비인간적인 행위란 무엇인가?

- 옳은 일과 그른 일은 단지 관습적인 것인가?

어떻습니까, 여러분. 정말 철학적인 질문들입니다. 그렇지 않습니까? 이런 질문, 아니 철학적 화두에 대해 4시간 동안 방대한 분량을 쓰면서 내 주장을 펼치려면 얼마나 많은 지식이, 또 자기 자신만의 생각과 주장이 머릿속에 들어 있어야 할까요? 저는 프랑스 바칼로레아 시험을 보면서 우리나라의 교육 과정을 다시 돌아보게 됐습니다. 우리 청소년들이 대학 수학 능력 시험을 앞두고 '의미 없는' 암기를 반복할 때 프랑스 청소년들은 살면서 한 번쯤은 깊이 생각해 볼 필요가 있는 철학적 논제들에 답하기 위해 인문학적 지식을 쌓고, 자신의 생각과 주장을 정리하고, 토론하고, 발전시켜 나가는구나. 뭔가 우리 교육의 첫 단추부터 다시 끼워야 한다는 생각이 많이 듭니다.

잠깐 다른 길로 빠졌네요. 다시 돌아와 봅시다. 여러분은 왜 이렇게 다양한 곳에서 논술을 중요한 능력으로 요구한다고 생각하시나요? 굳이 프랑스 대입 시험까지 가지 않더라도 한국에서 세속적으로 성공하려고 해도, 뭔가 좋은 직장에 취업하려고 해도 논술 능력을 갖추는 것은 매우 중요합니다. 논술을 잘한다는 건 이슈나 주제가 되는 사안을 정확하게 파악하고 알맞은 근거와 논리를 동원해 자신의 주장을 펼칠 수 있다는 뜻이기 때문입니다. 사실 학교를 마치고 사회생활을 시작해 보면 이 능력이 왜 중요한지 금방 깨닫게 됩니다. 조금 과장하면 사회생활의 대부분을 바로 논술 능력이 좌우한다고 할 수 있습니다. 어떤 조직에 들어가 다른 사람들과 의사소통을 하고 일을 하는 과정 대부분이 크게 보면 논술의 과정입니다. 해결하거나 처리해야 하는 일이나 문제를 여러 사람이 토론 과정을 거쳐 풀어 나가는 과정이 사회생활이고 또 회사 업무이기 때문이죠. 언론사뿐 아니라 상당수 대기업에서 입사할 때 논술 시험을 치르는 것도 이런 이유입니다. 아니라고요? 논술 시험 없는 곳이 더 많다고요? 아닙니다. 제가 앞서 말한 것처럼 거의 모든 회사가 입사 과정에서 진행하는 면접 전형이 사실은 논술입니다. 말로 하는 논술, 그게 바로 면접입니다. 이 책의 맨 앞으로 돌아가 볼까요?

글쓰기는 곧 말하기입니다. 조리 있게 말하는 것과 글을 잘 쓰는 것은 일맥상통합니다. 면접관의 질문은 대부분 조리 있는 대답, 다시 말해 논리적인 주장이나 견해를 담은 논술형 대답을 원하는 것들입니다. 한번 볼까요?

| 면접관 | 자, 이렇게 한번 가정해 봅시다. 응시자께서 아침에 늦잠을 잤어요. 하필 오늘 중요한 회사 회의가 있는데 말이죠. 허겁지겁 준비하고 서둘러 나왔는데 집 앞 골목에서 지나가던 노인이 갑자기 쓰러져 정신을 잃습니다. |

어떻게 하시겠습니까?

응시자   아, 일단 쓰러진 노인을 도와야 하지 않을까요?

면접관   지금 서둘러 지하철을 타고 뛰어가도 중요한 회사 회의
　　　　에 늦을까 말까 하는 상황인데도요?

응시자   저, 그러면 못 본 척하고 회사로 갈까요?

면접관   그건 너무 비인간적이지 않나요?

응시자   …….

　　요새 기업 면접에서 흔히 등장하는 '압박 면접'의 한 사례입니다. 압박 면접이란 어느 쪽으로 결정을 내리든 곤란한 부분이 생길 수밖에 없는 상황에서 면접 응시자가 어떤 논리를 바탕으로 자신의 선택이 옳다고 주장하는지를 보는 면접 방식입니다. 결국 말로 하는 논술인 셈이죠. 바쁜 아침 출근길에 갑자기 쓰러진 노인과 맞닥뜨린 상황에서 사실 정답은 없습니다. 어떻게 행동하든 그렇게 행동하는 논리가 무엇인지, 그 논리가 설득력이 있는지를 보려는 게 압박 면접이니까요.

　　그렇다면 어떻게 하면 논술을 잘할 수 있을까요? 논술문에는 일반적인 전개 순서가 있습니다. ① 사실 관계 요약, ② 쟁점이나 논점 제시, ③ 내 주장과 근거, ④ 반대 주장의 허술함 혹은 허점 제시, ⑤ 결론적 주장입니다. 앞의 압박 면접 사례로 풀어 볼까요? 쓰러진 노인을 돕든, 회사에 가든 어떤 경우에도 논리 구성이 가능합니다.

● 노인을 도울 경우

① **사실 관계 요약**: 중요한 회사 회의가 있는 날 아침에 늦잠을 자서 허겁지겁 집을 나섰는데 집 앞 골목에서 한 노인이 갑자기 쓰러져 정신을 잃었다.

② **쟁점이나 논점 제시**: 노인을 도울 것인가, 회사 회의 시간에 맞춰서 갈 것인가?

③ **내 주장과 근거**: 노인을 돕는다. 인간의 생명은 그 무엇과도 바꿀 수 없는 소중한 것이다.

④ **반대 주장의 허술함 혹은 허점 제시**: 회사 회의의 중요성을 강조하는 것은 비인간적이다. 힘없는 노인이 생명을 잃을 수도 있는 상황에서 못 본 척 지나치는 것은 인간의 도리가 아니다. 내가 회의에 빠지는 것이 사람의 생명을 구하는 것보다 중요하지는 않다.

⑤ **결론적 주장**: 길에 쓰러진 노인을 도와야 한다.

● 노인을 돕지 않을 경우

① **사실 관계 요약**: 중요한 회사 회의가 있는 날 아침에 늦잠을 자서 허겁지겁 집을 나섰는데 집 앞 골목에서 한 노인이 갑자기 쓰러져 정신을 잃었다.

② **쟁점이나 논점 제시**: 노인을 도울 것인가, 회사 회의 시간에 맞춰서 갈 것인가?

③ **내 주장과 근거**: 노인의 상황도 딱하지만 중요한 회사 일에 차질을

주는 것은 무책임한 행동이다. 119에 신고하거나 지나가는 다른 사람에게 도움을 요청한 뒤 가능한 한 회의 시간에 맞춰 가야 한다.

④ 반대 주장의 허술함 혹은 허점 제시: 많은 사람이 인간으로서의 도리를 내세우며 노인을 도와야 한다고 주장할 것이다. 하지만 반드시 노인을 돕는 사람이 나여야만 하는 것은 아니다. 노인이 쓰러진 곳에 오로지 노인과 나뿐이고 다른 누구도 도움을 줄 수 없다면 내가 돕는 게 맞다. 하지만 다른 선택의 상황이 있다면 그 대안을 찾고, 불가피한 상황인 나는 회사 회의에 참석하는 게 바람직하다. 내 상황이나 처지는 전혀 고려하지 않고 무조건 인간적 도리만을 내세워 노인을 도와야 한다고 주장하는 것은 이성적이지 않다.

⑤ 결론적 주장: 다른 사람에게 노인을 돕도록 하고 회사로 간다.

앞서 말했지만 이런 논쟁적인 상황은 사실 어떤 쪽을 선택하더라도 반대 논리의 공격을 받을 수밖에 없습니다. 여기서는 A냐 B냐의 선택 가운데 정답이 있는 게 아닌 만큼 결국은 누가 더 논리적으로 자신의 주장을 펼치느냐가 중요하죠. 그 논리력을 보는 게 논술문이고 논술의 과정입니다. 이렇게 짧게 도식화해 논술의 전개 과정과 순서를 언급했습니다만, 사실 실제로 열띤 토론이 벌어지거나 내 생각을 명확히 정리해서 논술해야 할 상황이 오면 탄탄하게 논리를 구성하는 게 생각만큼 쉽지 않습니다. 많은 노력과 연습이 필요한 일이죠. 내가 주장을 펼치려는 사안이 무엇이고 쟁점이 무엇인지 사실 관계를 요약하고 그 쟁점이나 논점을 찾아내는 것은 아주 기본적이면서도 핵심적인 사안입니다. 매우 당연한 얘기지만, 사실 관계와 핵심 논점이 무엇인지도 모른 채 주장을 펼친다는 건 불가능하기 때문이죠. 여기서 요약의 기술이 중요하게 작용합니다.

그다음은 내 주장과 근거를 제시하고 반대 주장의 약점을 파고드는 건데, 사실 이 부분이 논술과 토론의 성패를 좌우합니다. 사람들이 자신의 주장을 펼칠 때 많이 하는 실수가 '내 주장을 강하게 내세우기만 하면 된다'고 생각하는 겁니다. 하지만 사실은 그렇지 않죠. 내가 아무리 목소리를 높여서 주장한다고 해도 그 근거가 부실하면 공감을 얻을 수 없습니다. 나와 반대편에 서 있는 사람도 반박하지 못할 정도의 논리와 근거를 마련하지 못한다면 혼자 떠드는 것에 불과할 뿐입니다.

또 하나 중요한 것은 내 주장만 펼칠 게 아니라 반대 주장도 언급하면서 그 주장의 허와 실을 함께 따져 보는 과정을 거쳐야 한다는 겁니다. 의견이 엇갈리는 모든 사안이 그렇지만 어느 한쪽의 주장만 100% 옳은 경우는 없습니다. 뒤집어 말하면 나와 다르게 주장하는 사람들의 말에도 '상당 부분' 귀 기울일 내용이 있다는 것이죠. 반대 주장이라도 이런 부분은 옳고 이런 부분은 아쉽다는 식으로 정리해 주는 것이 사람들의 공감을 얻는 데도 훨씬 유리하기도 하고요. 그래서 논술을 잘하려면 해당 사안의 사실 관계와 논점뿐 아니라 그 문제에 대한 다양한 주장과 견해, 근거 등을 두루두루 잘 알아야 합니다. 그만큼 많은 지식과 이를 토대로 한 나 자신만의 생각을 명확하게 갖고 있어야 한다는 뜻이기도 합니다.

작문은 여러 차례 이야기한 것처럼 글쓰기 기술의 '종합판'입니다. 요약이나 논술뿐 아니라 큰 덩어리의 이야기를 이끌고 가는 글쓰기 실력과 스토리텔링 능력을 모두 갖추고 있어야 하기 때문이죠. 요약이 글쓰기의 기본이자 초급 기술이라면 논술은 중급, 작문은 고급 기술에 해당한다고 할 수 있죠. 작문이라는 하나의 이야기를 끌고 나가는 과정에서 필요에 따라 요약도 하고 논술도 하게 됩니다. 어떤 경우에는 사례를 들기도 하고, 전혀 새로운 이야기를 지어내기도 합니다. 이 모든 것이 독자가 이야기 전체에 몰입해서 흥미롭게, 끝까지 읽도록 하기 위한 것이죠.

어디서 요약하고 어디서 논술할지, 어디를 줄이고 어디를 늘려서 쓸지 등은 어떻게 정할까요? 그게 바로 스토리텔링을 해 나가는 글쓴이의 능력이고 '감'입니다. 그건 글 쓰는 사람이 강약을 줘 가면서 조절하고 조율할 수밖에 없습니다. 그 과정을 능수능란하게 하는 단계가 된다면 글쓰기 마스터가 됐다는 뜻이겠죠. 여기서는 제가 쓴 글 하나를 예시문으로 제시하겠습니다. 일단 함께 읽어 보죠.

[예시문]　부끄러운 방송계 은어

"야, 이거…… 도대체 '야마'가 뭐야?"

2019년 늦은 여름밤 A 방송국 프로그램 편집실. 교양국의 한 신규 프로그램 방송을 앞두고 제작진 20여 명이 모여 1차 **가편** 시사에 한창이다. 60분가량의 가편 시청을 마치자마자, 담당 CP가 긴 한숨과 함께 내던진 한마디에 편집실은 찬물을 끼얹은 듯 조용하다.

"일단 뭐 다 제쳐 두고, '니쥬'부터 너무 긴 거 아냐? '시바이'도 너무 많고. 이게 뭐 예능 프로그램이냐?"

담당 CP 옆에 앉아 있던 메인 PD가 잠시 주저하더니 입을 뗀다.

"어, 뭐 꼭 그런 건 아닌데요. 니주가 너무 없으면 뭔가 관심이나 몰입도가 떨어질 것 같아서요. 전체적으로 보시면 그렇게 긴 건 아니에요. 시바이도 중간중간 어느 정도는 들어가야 시청자들이 재미있게 볼 수 있지 않을까 해서 고심해 가면서 넣은 건데 맥락이 없어 보인다는 건가요?"

메인 PD 뒤에 앉아 있던 메인 작가도 한마디 거든다.

"이게 뭐 예능은 아니지만 어느 정도 시바이나 니주는 필요하지 않을까요? 요새는 교양이나 다큐 프로그램이라고 해도 너무 진지하게 만들면 시청자들이 잘 안 보잖아요. 예능 요소가 조금 들어갔다고 해서 교양 프로그램이 아닌 것도 아니고요. 적절하게 잘 섞어야 더 효과적이지 않을까요?"

가만히 듣고 있던 CP가 기다렸다는 듯 받아친다.

"니주랑 시바이를 쓴 게 문제라는 게 아니야. 너무 과하다는 거야. 니주랑 시바이가 너무 많으니까 '배보다 배꼽이 더 큰' 그런 상황이 돼 버렸잖아. 너희들, 이 프로그램 야마가 뭐야? 그게 보인다고 생각해? 내가 볼 땐 니주랑 시바이만 있고 야마는 없어. 기름기 최대한 빼고 원칙에 집중하자. 이대로 방송했다간 난리 난다."

방송국에서 일하다 보면 흔히 볼 수 있는 광경이다. 방송 프로그램을 제작하는 일은 그야말로 대표적인 '집단 창작'의 과정이다. 기획하는 과정부터 촬영, 편집을 거쳐 프로그램을 방송하기까지 정말 많은 사람의 노력과 협력, 합의와 갈등, 때로는 희생과 고통이 필요하다. SNS에 1인 크리에이터(creator)가 넘쳐 나는 세상에 아직도 이런 구닥다리 같은 방송 제작 과정이 굳이 필요하냐고 되묻는 사람도 있을 것이다. 하지만 적어도 아직까지는 기존의 방송 프로그램이 '1인 방송'이나 '인터넷 클립'보다는 여러 면에서 낫다는 데 동의하는 사람이 적지 않다고 생각한다. 시청률에만 목매야 하는 예능 프로그램이 아니라, 여전히 '의미'와 '깊이'를 중요하게 생각하는 교양 프로그램이라면 더욱더 그렇다. 1인 방송이든, TV 프로그램이든, 시청률 높게 나오고 돈 많이 버는 게 최고라고 한다면 할 말 없겠지만, 세상에는 돈보다 더 소중한 가치도 여전히 존재하니까. 적어도 나는 그렇게 믿는다.

그런데 앞에 써 놓은 에피소드를 가만히 읽다 보면 '도대체 저게 무슨 말이지? 뭘 얘기하고 있는 거야?' 하는 생각이 들 것이다. 생전 처음 보는, 혹은 본 것 같기는 한데 낯선 단어들이 앞의 대화 내용의 핵심을 차지하고 있기 때문일 거다. 실제로 방송 쪽에서 일하는 사람이 아니라면 가편, CP, 니주, 시바이, 야마 등의 단어에 고개를 갸우뚱거릴 만하다. 사실 지금 언급한 단어들의 뜻을 모르고서는 앞에서 발생

한 상황을 제대로 이해할 수 없다.

그럼 지금부터 하나씩 짚어 보자. 먼저 가편. 가편은 가편집(rough cut editing)의 줄임말로, 쉽게 말하면 '프로그램 1차 편집본'을 말한다. 여기서 잠깐 프로그램 제작 과정에 대한 설명이 필요하겠다. 하나의 프로그램을 만들려면 다양한 촬영을 해야 하는데, 제작진은 모든 촬영에 나가기 전에 '촬영 구성안'을 만든 뒤 이를 토대로 촬영한다. 촬영 구성안은 촬영할 내용을 시간 순서와 장소 등에 따라 무슨 내용을 언제 어디서 어떻게 찍어야 할지 세세하게 써 놓은 계획표다. 이런 계획표 없이 무작정 촬영에 나간다면 시간만 낭비하고 원하는 내용을 뽑아내지 못할 우려가 크기 때문이다. 실제로 방송 촬영 현장은 항상 생각지도 못한 돌발 상황이 끊임없이 일어나기 때문에 촬영 계획을 세우는 것은 필수적이다. 방송에서 무계획은 곧 예정된 실패를 의미한다.

촬영 구성안은 보통 프로그램 담당 작가들이 초안을 잡은 뒤 PD들과 논의해 완성하는데, PD들은 이 촬영 구성안을 가지고 현장에 나가 카메라 감독과 출연자들을 총지휘하며 촬영한다. 이렇게 매일매일 촬영한 원본을 바탕으로 방송 작가들은 '프로그램 편집 구성안'을 만드는데, 이를 토대로 촬영 원본을 최대한 방송 분량에 맞게 PD가 편집해 붙여 놓은 것을 가편이라고 한다. 그런데 한 시간짜리 방송 분량의 프로그램이라고 해도 원본 촬영 분량은 50시간, 100시간이 훌쩍 넘는 경우가 적지 않다. 카메라에 필름을 넣어 촬영하던 시절엔 비싼 필름 값 때문에, 그리고 무한정 찍으면 필름을 보관할 공간도 마땅치 않아 촬영 분량을 최대한 줄여 찍는 게 일반적이었다. 하지만 정보통신기술(ICT)의 발달로 디지털카메라와 방대한 용량의 외장 하드가 일상화되면서 모든 게 달라졌다. 엄지손톱만 한 메모리에 촬영 영상을 한가득 담은 뒤 외장 하드에 내려받거나 메모리만 바꿔 끼우면, 바로 또다시 카메라로 계속 촬영할 수 있는 시대가 됐기 때문이다. 여하튼 이런 이유 때문에 PD들은 100시간 혹은 그 이상의 촬영분을 한 시간 남짓한 분량으로 줄여 구성안대로 붙이는 가편집 작업에 엄청난 시간을 들이고 모든 노력을 기울인다.

예능이든 교양이든 장르에 관계없이 일반적으로 프로그램 편집 기간은 PD들에게는 편집실에서 먹고 자면서 하루가 멀다 하고 밤샘 작업을 해야 하는 시기다. 이런 과정을 거쳐 가편을 완성하면 담당 CP와 제작진이 함께 모여 시사를 한 뒤 서로의 의견을 조율하고 보완하는 과정을 거쳐 최종 편집을 해서 방송한다. 가편 시사를 몇 번 하느냐, 얼마나 길게 하느냐는 PD의 역량이나 CP의 성향에 따라 크게 달라진다. 예를 들어 60분짜리 프로그램의 가편을 100분, 120분짜리로 만들었다면 2차, 3차 가편 시사를 하게 될 가능성이 크다. 60분 안팎으로 제작한 가편이라고 해도 그 내용과 흐름이 어색하거나 초점이 없다면 역시 수차례 추가 시사를 한다. 그래서 가편을 얼마나 방송 분량에 최대한 맞춰 짜임새 있게 편집하느냐는 PD의 역량을 가늠하는 중요한 잣대 가운데 하나다. CP가 괜히 트집을 잡거나 제대로 방향을 잡지 못하고 허우적대는 경우에도 가편 시사를 여러 차례 반복해야 할 수 있다.

그럼 CP는 무엇인지 알아보자. 눈치 빠른 이들은 이미 감을 잡았을 것이다. 하지만 사람들에게 방송국 CP가 뭘 하는 인물인지 물으면 십중팔구 모른다는 대답이 돌아온다. CP는 책임프로듀서(chief producer)의 약자다. 일반적으로 방송국에서는 프로그램을 몇 개씩 묶어 이를 관리하는 책임자로 CP를 지정한다. 예능 1CP, 2CP, 교양 1CP, 2CP, 드라마 1CP 등등. 쉽게 말하면 자신이 배정받은 몇 개 프로그램의 기획, 제작, 방송을 총괄 관리하면서 책임도 지고 권한도 행사하는 자리라고 할 수 있다. 일선 PD로서는 제작에서 손을 떼지 않을 경우 가장 높게 올라갈 수 있는 자리가 바로 CP다. 물론 방송국 대표나 본부장 등 제작을 떠나면 CP 이상의 직위로 올라갈 수도 있다. 이처럼 CP는 자신이 담당하는 프로그램의 기획 제작 전 과정에서 최종 결정을 하는 사람이기 때문에 가편 시사 과정과 이후 어떤 부분을 어떻게 고쳐야 할지 등에 대해서도 매우 큰 영향력을 미친다. 그리고 그러한 의사 결정에 대한 책임 역시 해당 CP가 가장 크게 져야 하는 것은 물론이다.

'가편'과 'CP'가 난도 1단계였다면 '니주', '시바이', '야마'는 난도가 꽤 높다. 나도 처음 방송계에 들어왔을 때 가장 이해하기 어려웠던 단어들이다. 그런데 이 단어들은 방송 제작 과정에서 제작진이 가장 많이 쓰는 단어들이기도 하다. 일단 어감상으로는 일본어에서 왔을 것 같다는 느낌이 든다. 실제 모두 일본어. 그럼 무슨 뜻일까?

먼저 사전적 의미를 보면 니주는 '이중(二重)'이라는 뜻이다. '저 사

누구나 알지만 아무나 못 하는, 글쓰기 비법

람은 이중적이야!'라고 할 때의 그 이중이다. 시바이(芝居)는 "연극이나 연기 또는 계획적으로 남을 속이기 위한 꾸밈수나 속임수"라고 사전에 나온다. 야마(山)는 산을 뜻한다. 그럼 이 단어들은 한국 방송계에서 어떤 뜻으로 쓰이고 있을까?

니주는 쉽게 말하면 이야기 전개에 복선을 까는 것이다. 프로그램에서 정말 하고 싶은 이야기, 시청자들을 확 사로잡을 수 있는 내용을 프로그램 초반부에 공개하면 맥이 빠지기 때문에 '뭔가 반전이나 중요한 내용이 후반부에 나올 거야!'라고 시청자들에게 낌새를 조금씩 내비치는 장치가 니주인 셈이다. 이른바 막장 드라마들이 이야기 초반에 여러 가지 단서나 징후들을 흘리고 나서 극 중반 이후 '내가 네 엄마다!'라는 식의 반전 혹은 충격을 줄 때 일반적으로 사용하는 장치들이 방송계에서 흔히 말하는 니주다. 시바이는 사전적 의미와는 조금 다르게 쓰이는데 방송계에서 시바이는 '웃음이나 재미를 주는 장치나 상황'을 말한다. 예능 프로그램에서 연예인들이 서로 말장난을 하거나 과한 몸동작을 하는 장면 등 전체 내용의 흐름이나 맥락에 관계없이 그 상황 자체로 시청자들을 웃게 하는 포인트들을 말한다. 야마는 '핵심, 중심, 주제'란 뜻으로 쓰인다. 처음 야마의 쓰임새를 이해했을 때 문득 광활한 평야 한가운데 우뚝 솟아 있는 높은 산을 연상했던 기억이 난다. 그럼 이쯤에서 앞에 소개했던 상황을 이해하기 쉽게 다시 '번역'해 보겠다. 다음과 같다.

책임프로듀서 야, 이거……. 도대체 이 프로그램에서 하고자 하는 얘기가 뭐야? 주제를 흐리게, 앞부분에 복선을 왜 이렇게 많이 깔아 놨어? 주제랑 관계없는 웃음 유발 장치나 장난도 너무 많고. 이게 뭐 예능 프로그램이야?

메인 PD 어, 뭐, 꼭 그런 건 아닌데요. 복선도 없이 바로 제작진이 하고 싶은 얘기나 메시지가 드러나면 김이 빠져서 시청자들의 관심이나 몰입도가 떨어질 것 같아서요. 웃음 유발 장치도 중간중간 있어야 시청률도 어느 정도 챙길 수 있지 않을까요?

메인 작가 예능은 아니더라도 복선이나 웃음 장치는 어느 정도 필요해요. 요새 교양이나 다큐 프로그램이라고 해도 너무 진지하게 만들면 시청자들이 잘 안 보잖아요. 적절하게 잘 섞어야 더 효과적이지 않을까요?

책임프로듀서 복선이랑 웃음 장치를 쓴 게 문제라는 게 아니야. 너무 과하다는 거야. 복선이랑 웃음 장치가 너무 많으니까 이 프로그램을 통해 전달하려는 핵심 주제나 메시지가 흐려지잖아. 기름기 최대한 빼고 원칙에 집중하자. 이대로 방송했다간 난리 난다.

어렸을 때 TV를 보면 아나운서들이 나와 "바른말, 고운 말을 쓰자"며 캠페인을 했던 기억이 있다. 그런데 정작 방송을 만드는 사람들은 왜 이렇게 은어를 많이 쓰는지 처음엔 매우 의아했다. 지금 방송계에 발을 들여놓는 신입 사원들은 그때의 나와 똑같은 생각을 하겠지. 아무렇지 않게 이런 은어들을 쓰고 있는 우리를 보면서. 실제로 방송계에서 쓰고 있는 은어들은 앞에 소개한 것보다 훨씬 많다. 그것도 대부분 일본어에서 온 말들이어서 사실 더 창피하기도 하다. 반성하는 의미에서 몇 가지 더 소개해 본다.

'구다리(件)'는 "긴 문장의 한 절"이라는 뜻인데, 방송 쪽에서는 한 단락이나 상황, 에피소드 등을 칭하는 말로 쓴다. 예를 들면 드라마에서 남녀 주인공이 공항에서 슬프게 헤어지는 상황 전체를 한 구다리로 볼 수 있다. '우라카이'나 '마'라는 단어도 많이 쓰는데 이건 어원이 무엇인지도 분명치 않아 논란이 있는 단어들이다. 우라카이는 '기존에 있는 다른 프로그램의 방송 내용을 가져다가 순서를 바꾸거나 조금만 변형해서 쓰는 행위'를 말하는데 책으로 따지면 표절이나 베끼기에 해당한다고 할 수 있다. 일본어인 '우라오카에스(裏を反す)'(뒤집다, 계획을 변경하다)에서 왔다는 얘기가 있지만 확실치는 않다. 우라카이라는 말은 신문, 방송 기자들도 자주 쓰는 단어인데 기자들 사이에서 우라카이는 '다른 기자가 먼저 보도한 내용을 앞뒤 순서를 바꾸거나 조금만 변형해 자기 기사처럼 보도하는 행위'를 말한다. 방송계에서 쓰이는 뜻과 거의 같다고 할 수 있다. 앞서 살펴본 '야마' 역시 기자 사회에서도 방송계에서와 같은 의미로 자주 쓰는 단어다. 여기에서 사용하는 '마'는 일본어 '마(間)'에서 온 것 같다. 어쨌든 방송계에서는

이 단어를 "마가 뜬다"라는 표현으로 사용한다. 이건 또 무슨 뜻일까? 두 사람이 어떤 이슈를 놓고 설전을 벌이는 상황을 가정해 보자.

A 시사평론가　그거야말로 '내로남불' 아닙니까? 다른 사람의 잘못을 비판하려면 자기 자신부터 흠결이 없어야죠. 다른 사람에겐 엄격하고 자기 자신의 잘못에는 관대한 모습을 보이는 건 전형적인 이중 잣대이자 내로남불입니다!

B 교수　　　…….

사회자　　　B 교수님, 답변 부탁드립니다.

B 교수　　　아, 네. 죄송합니다. 그렇습니다. 그래요. 그런데 말이죠.

　이런 상황에서 B 교수의 '……' 상황이 바로 방송에서 말하는 '마가 뜨는' 상황이다. 서로 토론이든 아니면 화면의 구성이나 상황의 전개든 끊기지 않고 흘러가야 하는데 중간에 부자연스럽게 톱니바퀴가 어긋나는 그런 상황을 뜻한다. LP판에서 음악이 흘러나오다가 튀거나, 갑자기 잠시 끊겨 적막이 흐르는 그런 장면을 상상해 볼 수 있겠다.

　사전을 찾아보니 은어(隱語, slang)는 "어떤 계층이나 부류의 사람들이 다른 사람들이 알아듣지 못하도록 자기네 구성원들끼리만 빈번하게 사용하는 말"로 정의하고 있다. 방송계 등 언론계에서만 은어를 사용하는 것은 아니다. 의사와 간호사 등 의료계나 판검사, 변호사 등 법조계도 '그들만의 은어'를 쓰는 대표적인 집단이다. 그렇다면 은어는 전문가 집단의 우월 의식이나 폐쇄성에서 비롯한 것일까? 꼭 그렇지만은 않다. 10대 청소년이나 시장 상인, 교도소 수감자, 도박꾼 등이 쓰는 은어들도 적지 않으니까 말이다. 하지만 특정 집단의 은어를 잘 아느냐, 모르느냐에 따라 그 집단에 잘 녹아들 수 있느냐, 없느냐를 가르는 하나의 기준이 되는 것은 분명해 보인다.

그래도 어쨌거나, 온통 정체불명의 일본어투성이인 방송계 은어들은 이제는 덜 쓰고, 결국엔 안 쓰려는 노력을 방송 종사자들 스스로가 시작하는 게 바람직하다고 본다. 당장 나부터 바른말, 고운 말, 아름다운 우리말로 부끄러운 방송 은어를 대체해 쓸 것을 이번 기회에 다짐해 본다.

조금 긴 글이긴 합니다만 재미있는 내용이라서 소개해 봤습니다. 재밌게 읽으셨나요? 하하. 방송국이나 신문사 등 언론계에서, 부끄럽지만 여전히 많이 쓰는 은어들을 소개한 에피소드인데 저도 처음 이런 말들을 접했을 때 매우 당황했던 터라 독자 여러분께도 재미 삼아 보여드렸습니다. 자, 지금부터는 작문을 구성하는 글쓰기 기술을 하나씩 살펴보겠습니다. 먼저 글 전체를 분석하는 데 가장 기본적인 기술인 요약부터 시작하겠습니다. 전체 내용이 무엇인지, 글쓴이가 전하고자 하는 핵심 내용이 무엇인지부터 알아야 이를 효과적으로 전달하기 위해 어떤 기술을 사용했는지 찾아내기 쉬울 테니까요.

앞서 살펴본 「부끄러운 방송계 은어」는 방송계에서 널리 쓰이는 일본어 은어들을 실제 사례를 들어 보여 주는 형식으로 구성했습니다. 은어의 뜻을 모르면 방송계 종사자들의 대화가 '외계어'처럼 들리는 상황을 보여 준 뒤 그 과정에 나온 은어들이 무슨 뜻이고 어디서 온 것인지 설명하고 있죠. 일본어에서 온 은어도 있고 자기들끼리 암호처럼 쓰는 줄임말도 있습니다. 하지만 대부분은 바른말, 고운 말, 우리말로 바꿔서 쓸 수 있는 것들인데도 관행적으로 은어를 쓰는 현실을 꼬집습니다. 꽤 긴 글이지만 그 내용을 요약해 본다면 대체로 이 정도로 설명할 수 있을 듯합니다.

글의 구성을 볼까요. 이 글은 먼저 방송국 제작진이 프로그램 제작과 관련해 대화를 나누는 상황을 사례로 들며 다양한 줄임말과 은어(가편, CP, 니주, 시바이, 야마 등)를 소개합니다. 그러고는 방송 프로그램 제작 과정은 집단 창작의 과정이며, 아직까지는 의미가 있는 과정이라고 사례에 대해 설명합니다. 이어 사례에 등장하는 다양한 은어와 줄임말이 무엇인지 방송국에서 일하는 사람이 아니면 알아듣기 어렵다고 문제를 제기한 뒤 사례에 나온 줄임말과 은어를 하나씩 설명합니다. 설명하는 과정은 요약과 용어 설명이 주를 이루고, 그 내용의 이해를 돕기 위해 중간중간 짧은 사례나 예시를 넣었죠. 은어와 줄임말에 대한 요약과 설명이 끝난 뒤에는 앞서 외계어처럼 보이던 방송국 제작진의 대화 내용을 알아들을 수 있는 우리말로 바꿔서 다시 제시합니다. 이 책에서 '예시문'과 '수정문'을 제시하는 것처럼 말이죠.

글쓴이는 마지막에 은어를 쓰지 않는 것이 바람직하다는 생각을 내비치며 글을 마무리합니다. 하지만 여기서는 '은어를 쓰지 않는 게 좋겠다' 정도로 글쓴이가 의견을 제시할 뿐 그 근거나 이유를 논리적으로 주장하는 논술의 형식을 취하고 있지는 않습니다. 그도 그럴 것이 글에도 나와 있는 것처럼 우리 사회의 다양한 전문 분야에서 다양한 이유로 은어를 쓰고 있는 게 현실이기 때문입니다. 단지 은어가 바른 우리말이 아니라는 이유만으로 무조건 쓰면 안 된다고 주장을 펼치기에는 다소 논거가 약해 보입니다. 이런 경우에는 논술적 주장보다는 독자에게 공감을 얻을 수 있는 정서적 주장을 펼치는 게 더 효과적일 수 있습니다. 관행적으로 은어를 써 온 것은 이해하지만 가능하면 바른 우리말로 바꾸려는 노력을 해 보자는 정도의 어조로 말이죠.

작문은 소설, 수필 등 글의 형식에 따라, 글쓴이의 글 쓰는 방식에 따라 매우 다양한 형태를 보일 수 있습니다. 글쓴이가 사례를 드는 걸 좋아하는지, 자세하게 설명하거나 혹은 묘사하는 걸 좋아하는지 글쓰기 성향에 따라서도 많이 달라질 수 있고요. 하지만 어떤 형식을 취하고 어떤 글쓰기 기술을 쓰든 결국은 자신이 전하고자 하는 메시지를 가장 효과적으로 전달할 수 있는 최선의 방법을 찾아야겠죠. 글쓴이 자신에게 최선이 아니라 글을 읽는 독자에게 최선인 방법을 말입니다. 「부끄러운 방송계의 은어」는 '수필의 형식'을 빌려 '사례 들기'와 '요약', '설명'의 기술을 중심으로 쓴 작문입니다. 다음 장에서는 이제 본격적으로 글쓰기의 기술을 갈고닦을 수 있는 실전 연습을 해 보겠습니다. 요약, 논술, 작문 등 세 가지 유형으로 말이죠. 그럼 함께 시작해 보죠.

3장

실전 연습

우리는 1장과 2장에서 글쓰기가 왜 중요한지, 어떻게 하면 글을 잘 쓸 수 있는지, 어떤 기술을 익혀야 하는지 알아봤습니다. 지금부터는 실제 사례를 가지고 유형별 글쓰기를 함께 해 보겠습니다. 실제 얼굴을 맞대고 하는 대면 강의 형식만큼 효과를 내기는 어려울 수도 있습니다만 최대한 대면 강의와 비슷하게 진행해 보겠습니다. 앞서 언급한 세 가지 유형의 글쓰기인 요약, 논술, 작문에 대해 유형별로 실제 어떻게 글을 써야 하는지, 글이 어떻게 달라지는지 함께 따라 해 보죠. 이른바 실전 연습입니다. 그럼 시작합니다.

실전 연습 1 요약

요약은 말 그대로 필요한 내용을 중심으로 줄여서 쓰는 것입니다. 글을 줄여 쓸 때 중요한 건 ① 핵심 내용을 제대로 파악해서, ② 군더더기를 없앤 뒤, ③ 효과적이고 간결하게 표현하는 겁니다. 첫 번째 예시문부터 보겠습니다.

[예시문 1]

국민권익위, 지난 6년여 간 정부 보조금 부정 수급액 1,250억 원 환수

결정: '기초생활보장 급여', '연구개발비' 부정 수급이 많은 비중 차지

지난 6년여간 국민권익위원회가 접수해 처리한 정부 보조금 부정 수급 신고 사건의 환수 결정액이 1,250억 원에 달하는 것으로 나타났다.

국민권익위원회(위원장 박은정, 이하 국민권익위)는 2013년 10월부터 올해 3월까지 복지보조금부정신고센터에 신고된 정부 보조금 부정 수급 신고 사건을 분석하고 그 결과를 발표했다.

2013년 10월 국민권익위 복지보조금부정신고센터(이하 신고센터)가 출범한 이후 정부 보조금 부정 수급 신고 사건은 지속적으로 증가해왔다. 지난 6년여간 국민권익위는 총 6,607건의 신고 사건을 접수해 3,002건을 신고센터에 배정했다.

지난 3년간 신고 사건 접수 현황은 2017년 960건에서 2018년 1,443건, 2019년 1,536건으로 계속 늘어나는 추세다.

국민권익위는 접수한 신고 내용을 확인해 2,703건의 신고 사건을 수사 기관과 감독 기관으로 이첩하거나 송부했으며, 그 결과 정부 보조금 부정 수급액 1,250억 원의 환수를 결정했다.

최근 6년간 부정 수급이 가장 빈발한 분야를 살펴보면, 보건복지 분야가 가장 심각했고, 다음으로 산업자원과 고용노동 분야가 그 뒤를 이었다.

세부적으로 들여다보면 보건복지 분야가 1,408건이 신고되고 837억 원이 환수 결정됐는데 그중 기초생활보장 급여 부정 수급이 389건으로 가장 많았다. 그다음으로 어린이집 보조금 부정 수급이 310건, 사회복지시설 보조금 부정 수급이 211건 순으로 나타났다.

또한 산업자원 분야는 512건이 신고되고 143억 원이 환수 결정되었으며, 그중 연구개발비 부정 수급이 401건으로 가장 많았다.

세 번째로 많은 고용노동 분야는 381건이 신고되고 133억 원이 환수 결정되었으며, 그중 실업급여 부정 수급이 92건으로 가장 많았고 사회적 기업 보조금 부정 수급도 42건으로 나타났다.

정부 보조금 부정 수급 방법도 다양하게 나타났다. 기초생활보장 급여 수급자는 소상공 업체에 취업하고 자신의 급여를 현금 또는 타인의 계좌로 받거나 재산을 숨기는 방법으로 기초생활보장 급여를 부정 수급하고 있는 것으로 드러났다.

어린이집 보조금의 경우는 보육교사 근무 시간을 부풀려 등록하거나 아동 또는 보육교사를 허위로 등록하는 방법으로 보조금을 부정 수급했다.

또 업체 대표들은 연구원을 허위로 등록하거나 유령 회사를 만들어 거래 대금을 입금하는 방법, 자사 제품 생산에 필요한 물품을 구입하고도 연구에 필요한 물품을 구입한 것처럼 속여 연구개발비를 부정 수급했다.

고용 관련 경우에는 근로자가 사업주와 공모하여 고용보험에 가입하지 않고 실업급여를 타 내는 방법을 많이 사용했다.

사회복지시설 보조금의 경우에는 대표가 실제 근무하지 않는 직원을 허위로 등록하거나 보조금을 목적에 맞지 않게 사용한 후 증빙 서류를 허위로 만들어 보조금을 부정 수급하는 경우도 많았다.

국민권익위 관계자는 "정부 보조금 부정 수급 건수가 매년 지속적으로 증가하고 있으며, 환수액도 크게 증가하고 있다"라며, "앞으로도 접수한 신고 사건을 철저히 확인하고 수사 기관에 수사를 의뢰해 정부 보조금 부정 수급이 근절될 수 있도록 최선을 다할 것"이라고 말했다.

한편, 올해 1월 1일부터 시행된 '공공재정환수법'에 따라 부정 수급액 환수와 함께 최대 5배의 제재 부가금이 부과되고 부정 수익자에 대한 명단 공표도 가능하다. 신고자에 대해서는 철저한 신분 보장과 함께 최대 30억 원의 보상금이 지급된다.

국민권익위원회 보도 자료(2020.4.10)

'예시문 1'을 요약하려면 이 글에서 전달하고자 하는 핵심 내용이 무엇인지부터 생각해 봐야 합니다.

① 2013년 10월 국민권익위원회 복지보조금부정신고센터가 생긴 뒤 지난 3월까지 6년 동안 복지보조금 부정 수령액 1,250억 원을 환수하기로 결정했다.
② 부정 수급이 가장 많았던 분야는 보건복지(837억 원)이고 산업자원(143억 원), 고용노동(133억 원)순이다.
③ 부정 수급 방법은 급여를 현금이나 다른 사람 계좌로 받거나 보육교사,

연구원 등을 허위로 등록하고, 연구에 필요한 물품이 아닌 다른 물품을 사고 연구 물품을 산 것처럼 허위 서류를 쓰는 방법 등을 썼다.

④ 권익위는 "정부 보조금 부정 수급 건수가 매년 늘어나는 만큼 철저한 조사를 통해 이를 근절하도록 최선을 다할 것"이라고 밝혔다.

이 정도가 아닐까 싶습니다. 그런데 이 '예시문 1'을 이렇게까지 짧게 줄이면 글을 읽는 독자로서는 내용을 잘 이해할 수 없는 불친절한 요약문이 되기 쉽습니다. 정부 정책은 배경 지식이 없으면 한 번에 이해하기 어려운 내용이 많기도 하고요. '예시문 1'에서 같은 내용이 반복되는 '군더더기'를 빼고 설명이 불친절한 부분은 추가로 설명도 넣고 하면서 차분히 줄여 보겠습니다. 그 과정에서 수동형 표현을 없애고, 축약할 부분은 축약하고, 문장을 간략하게 줄일 부분은 또 줄이고, 그렇게 고쳐 보겠습니다. 우리가 앞에서 배웠던 내용을 실제로 적용해 보는 겁니다. 일단은 '예시문 1' 전체 문장을 가져다가 한 문장씩 요약도 하고 합쳐도 보고 덜어 내기도 해 보겠습니다.

[문단 1] 지난 6년여간 국민권익위원회가 접수해 처리한 정부 보조금 부정 수급 신고 사건의 환수 결정액이 1,250억 원에 달하는 것으로 나타났다.

국민권익위원회(위원장 박은정, 이하 국민권익위)는 2013년 10월부터 올해 3월까지 복지보조금부정신고센터에 신고된 정부 보조금 부정 수급 신고 사건을 분석하고 그 결과를 발표했다.

2013년 10월 국민권익위 복지보조금부정신고센터(이하 신고센터)가 출범한 이후 정부 보조금 부정 수급 신고 사건은 지속적으로 증가해 왔다. 지난 6년여간 국민권익위는 총 6,607건의 신고 사건을 접수해 3,002건을 신고센터에 배정했다.

지난 3년간 신고 사건 접수 현황은 2017년 960건에서 2018년 1,443건, 2019년 1,536건으로 계속 늘어나는 추세다.

국민권익위는 접수한 신고 내용을 확인해 2,703건의 신고 사건을 수사 기관과 감독 기관으로 이첩하거나 송부했으며, 그 결과 정부 보조금 부정 수급액 1,250억 원의 환수를 결정했다.

이 내용을 어떻게 줄이면 좋을까요? 앞서 말한 대로 이 부분의 핵심 내용은 '지난 6년 동안 정부 보조금 부정 수급 액수가 1,250억 원'이라는 것입니다. 그런데 문장이 다섯 개에, 길기도 길죠. 그렇다면 어떻게 줄일까요? 이럴 땐 항상 그렇듯이 기본 원칙으로 돌아가 생각하면 됩니다. 여기서 중요한 내용이 뭔지, 어떤 내용을 전달하는 게 핵심인지 말이죠. 잠깐 이 보도 자료 전체 내용을 생각해 볼까요? 국민에게 전달하려는 핵심 내용과 메시지는 뭘까요? 정부 복지 보조금 부정 수급액이 1,250억 원이고, 부정 수급 유형은 이러이러한데, 부정 수급 건수가 늘어나고 있어 철저하게 조사해 환수하고 근절하겠다는 것 아닐까요? 이런 큰 흐름으로 보면 '문단 1'의 내용은 간단하게 요약할 수 있습니다.

[수정문 1]   지난 6년 동안 정부 복지 보조금 부정 수급액이 1,250억 원에 달하는 것으로 나타났다. 국민권익위원회(위원장 박은정)는 2013년 10월 복지보조금부정신고센터 출범 이후 지난 3월까지 들어온 6,607건의 신고 가운데 2,703건을 수사 및 감독 기관에 보내 부정 수급액 1,250억 원을 환수하기로 했다고 10일 밝혔다.

두 문장으로 요약해도 전달하려는 메시지는 다 들어가 있죠. 그렇다면 '문단 1'은 왜 그렇게 길어졌을까요? 무엇보다 '군더더기'가 많습니다. 국민권익위가 정부 보조금 부정 수급 신고 사건을 분석하고 결과를 발표했다는 문장이나, 부정 수급 신고 사건이 매년 증가하고 있다는 내용은 없어도 문제가 없습니다. '수정문 1'에서처럼 부정 수급 환수액 발표의 주체를 국민권익위로 해 주면 그만이죠. 6년 동안의 신고 건수(6,607건) 가운데 3,002건을 신고센터에 배정했다는 내용도 군더더기입니다. '수정문 1'처럼 6,607건 가운데 2,703건이 실제 수사 및 감독 기관으로 넘어갔다는 내용만 있으면 충분하죠. 다만 지난 3년 동안 신고 건수가 계속 늘어나고 있다는 내용은 요약하는 분량에 따라서 추가할 수도 있겠습니다. 하지만 여기서 중요한 것은 신고 건수가 아니라 사실일 가능성이 높아서 수사 및 감독 기관으로 넘긴 게 몇 건인지, 그 후에 부정 수급액으로 드러나 환수하는 게 몇 건이며 액수는 얼마냐겠죠. 요약은 여러 차례 강조한 것처럼 꼭 필요한 내용을 중심으로 글을 줄이는 것입니다. 요약하는 동안 무엇이 덜 필요한가, 무엇이 더 핵심적인 내용인가 끊임없이 생각하고 고민해야 하는 이유가 여기에 있습니다.

'문단 1'이 길어진 또 하나의 이유는 정부의 정책 홍보 보도 자료라는 이 글의 특성 때문입니다. '문단 1'을 잘 살펴보면 정부 보조금 부정 수급액 1,250억 원을 환수하는 데 국민권익위가 큰 역할을 했고 그 중심에 있다고 강조하는 것을 곳곳에서 볼 수 있습니다. 전체 다섯 문장 가운데 네 문장의 주어가 '국민권익위'인 것만 봐도 알 수 있습니다. 하지만 길게 쓰고 자주 쓴다고 강조 효과가 있는 것은 아닙니다. '문단 1'과 '수정문 1'을 비교해 보면 금방 알 수 있죠. 핵심 내용이 꼭 필요한 곳에 잘 들어가기만 한다면 글 자체가 꼭 길어야 할 필요는 없습니다. 그래서 글쓰기가 중요하고, 요약이 중요합니다.

[문단 2] 최근 6년간 부정 수급이 가장 빈발한 분야를 살펴보면, 보건복지 분야가 가장 심각했고, 다음으로 산업자원과 고용노동 분야가 그 뒤를 이었다.

세부적으로 들여다보면 보건복지 분야가 1,408건이 신고되고 837억 원이 환수 결정됐는데 그중 기초생활보장 급여 부정 수급이 389건으로 가장 많았다. 그다음으로 어린이집 보조금 부정 수급이 310건, 사회복지시설 보조금 부정 수급이 211건 순으로 나타났다.

또한 산업자원 분야는 512건이 신고되고 143억 원이 환수 결정되었으며, 그중 연구개발비 부정 수급이 401건으로 가장 많았다.

세 번째로 많은 고용노동 분야는 381건이 신고되고 133억 원이 환수 결정되었으며, 그중 실업급여 부정 수급이 92건으로 가장 많았고 사회적 기업 보조금 부정 수급도 42건으로 나타났다.

'문단 2'의 핵심 내용은 정부 보조금 부정 수급이 '어느 분야에서 얼마나 있었느냐' 하는 것입니다. '문단 2'를 보면 모두 네 문장인데 역시 군더더기가 적지 않습니다. 요약해 보죠.

[수정문 2] 부정 수급액 1,250억 원을 분야별로 보면 보건복지가 837억 원으로 가장 많고 산업자원(143억 원), 고용노동(133억 원)순이다. 보건복지 분야에서는 기초생활보장 급여, 어린이집 보조금, 사회복지시설 보조금 부정 수급이 많았다. 산업자원 분야는 연구개발비, 고용노동 등에서 부정 수급이 가장 많았다.

'문단 2'는 전달하려는 내용에 사실 관계가 모호한 부분이 있습니다. '문단 1'에서는 부정 수급의 규모를 금액(1,250억 원)으로 얘기했는데, '문단 2'에서는 부정 수급 건수와 뒤섞어 제시하고 있습니다. 예를 들어 "보건복지 분야가 1,408건이 신고되고 837억 원이 환수 결정됐는데 그중 기초생활보장 급여 부정 수급이 389건으로 가장 많았다. 그다음으로 어린이집 보조금 부정 수급이 310건, 사회복지시설 보조금 부정 수급이 211건 순으로 나타났다"라는 부분을 볼까요. 이 문장을 명확히 하려면 기초생활보장 급여 부정 수급이 389건이라는 사실 관계가 아니라

389건에 금액이 얼마인지를 제시해야 합니다. 어린이집 보조금이나 사회복지시설 보조금 부정 수급 역시 건수뿐 아니라 금액도 함께 제시해야 그 규모를 알 수 있습니다. 건수가 적더라도 금액은 더 커질 수 있기 때문이죠. 결국 이런 모호한 부분은 글을 요약할 때 빼는 게 좋습니다. 이 부분을 다 포함하려면 '건수와 액수'를 함께 제시하는 것이 바람직하고요. 다음으로 넘어가 보겠습니다.

[문단 3] 정부 보조금 부정 수급 방법도 다양하게 나타났다. 기초생활보장 급여 수급자는 소상공 업체에 취업하고 자신의 급여를 현금 또는 타인의 계좌로 받거나 재산을 숨기는 방법으로 기초생활보장 급여를 부정 수급하고 있는 것으로 드러났다.

어린이집 보조금의 경우는 보육교사 근무 시간을 부풀려 등록하거나 아동 또는 보육교사를 허위로 등록하는 방법으로 보조금을 부정 수급했다.

또 업체 대표들은 연구원을 허위로 등록하거나 유령 회사를 만들어 거래 대금을 입금하는 방법, 자사 제품 생산에 필요한 물품을 구입하고도 연구에 필요한 물품을 구입한 것처럼 속여 연구개발비를 부정 수급했다.

고용 관련 경우에는 근로자가 사업주와 공모하여 고용보험에 가입하지 않고 실업급여를 타 내는 방법을 많이 사용했다.

사회복지시설 보조금의 경우에는 대표가 실제 근무하지 않는 직원을 허위로 등록하거나 보조금을 목적에 맞지 않게 사용한 후 증빙 서류를 허위로 만들어 보조금을 부정 수급하는 경우도 많았다.

'문단 3'의 핵심 내용은 '부정 수급 방법'을 소개하는 것입니다. 부정 수급 유형을 설명하고 있는데, 여기에도 중복되는 내용이 많습니다. 이런 군더더기를 줄여 주면 요약이 가능하죠. '수정문 3'을 볼까요.

[수정문 3]   정부 보조금 부정 수급 방법은 다양했다. 어린이집 아동이나 보육교사, 업체의 연구원, 사회복지시설 직원 등을 허위로 등록해 보조금을 부당하게 타 낸 경우가 많았다. 보조금을 목적에 맞지 않게 쓴 뒤 허위 증빙 서류를 내고, 급여를 현금으로 받거나 다른 사람 계좌로 받는 방식으로 기초생활보장 급여를 부정 수급한 경우도 있었다.

'문단 3'과 '수정문 3'을 비교해 보면 부정 수급 방법을 유형이 아니라 행위를 중심으로 정리하니까 분량이 크게 줄어든다는 것을 알 수 있습니다. 실제로도 이 부분에서 중요한 것은 부정 수급 유형이 아니라 방법, 즉 행위죠. '수정문 3'에서 정리한 것처럼 부정 수급 행위는 크게 ① 없는 사람 허위로 등록, ② 보조금을 다른 용도로 사용하고 허위 증빙 서류 제출, ③ 수입 은닉 등 세 가지입니다. 이 핵심 내용을 중심으로 정리하면 '수정문 3'처럼 글을 짧게 요약할 수 있습니다. 이제 마지막 부분으로 가 보죠.

[문단 4]   국민권익위 관계자는 "정부 보조금 부정 수급 건수가 매년 지속적으로 증가하고 있으며, 환수액도 크게 증가하고 있다"라며, "앞으로도 접수한 신고 사건을 철저히 확인하고 수사 기관에 수사를 의뢰해 정부 보조금 부정 수급이 근절될 수 있도록 최선을 다할 것"이라고 말했다.

한편, 올해 1월 1일부터 시행된 '공공재정환수법'에 따라 부정 수급액 환수와 함께 최대 5배의 제재 부가금이 부과되고 부정 수익자에 대한 명단 공표도 가능하다. 신고자에 대해서는 철저한 신분 보장과 함께 최대 30억 원의 보상금이 지급된다.

'문단 4'의 핵심은 '정부가 앞으로도 보조금 부정 수급을 철저하게 단속한다'라는 것입니다. 그러면서 2020년 1월 새로 시행하는 '공공재정환수법'을 설명하고 있습니다. 핵심 내용을 중심으로 요약해 보겠습니다.

[수정문 4]   국민권익위 관계자는 "정부 보조금 부정 수급 신고 건수와 환수액이 매년 증가하고 있다"라면서 "앞으로도 철저한 조사와 수사 의뢰를 통해 보조금 부정 수급을 근절할 수 있도록 최선을 다할 것"이라고 말했다. 이와 관련해 올해 1월 1일부터 시행하고 있는 '공공재정환수법'에 따르면 보조금 부정 수급이 드러나면 부정 수급액 환수와 함께 환수액의 최대 5배를 제재 부가금으로 부과하고 부정 수급자 명단도 공표할 수 있다.

'문단 4'의 정부 관계자 멘트에서 일부 중복 부분을 걸어 내고 '공공재정환수법'과 정부 보조금 부정 수급의 연관성을 강조하기 위해 '이와 관련해'라는 표현을 넣어 '수정문 4'를 완성했습니다. 맨 마지막 "신고자에 대해서는 철저한 신분 보장과 함께 최대 30억 원의 보상금이 지급된다"라는 문장은 내용이 모호해 삭제했습니다. 어떻게 신고자의 신분을 보장한다는 것인지, 최대 30억 원의 보상금이란 신고자 한 명에 대한 것인지, 최대 30억 원이면 최소 보상금은 얼마인지 등이 명확하지 않아 읽는 사람이 혼란스러워할 수 있기 때문입니다. 그럼 '예시문 1'을 요약한 '수정문 5'를 하나로 이어서 볼까요?

[수정문 5] 지난 6년 동안 정부 복지 보조금 부정 수급액이 1,250억 원에 달하는 것으로 나타났다. 국민권익위원회(위원장 박은정)는 2013년 10월 복지보조금부정신고센터 출범 이후 지난 3월까지 들어온 6,607건의 신고 가운데 2,703건을 수사 및 감독 기관에 보내 부정 수급액 1,250억 원을 환수하기로 했다고 10일 밝혔다.

부정 수급액 1,250억 원을 분야별로 보면 보건복지가 837억 원으로 가장 많고 산업자원(143억 원), 고용노동(133억 원)순이다. 보건복지 분야에서는 기초생활보장 급여, 어린이집 보조금, 사회복지시설 보조금 부정 수급이 많았다. 산업자원 분야는 연구개발비, 고용노동 등에서 부정 수급이 가장 많았다.

정부 보조금 부정 수급 방법은 다양했다. 어린이집 아동이나 보육교사, 업체의 연구원, 사회복지시설 직원 등을 허위로 등록해 보조금을 부당하게 타 낸 경우가 많았다. 보조금을 목적에 맞지 않게 쓴 뒤 허위 증빙 서류를 내고, 급여를 현금으로 받거나 다른 사람 계좌로 받는 방식으로 기초생활보장 급여를 부정 수급한 경우도 있었다.

국민권익위 관계자는 "정부 보조금 부정 수급 신고 건수와 환수액이 매년 증가하고 있다"라면서 "앞으로도 철저한 조사와 수사 의뢰를 통해 보조금 부정 수급을 근절할 수 있도록 최선을 다할 것"이라고 말했다. 이와 관련해 올해 1월 1일부터 시행하고 있는 '공공재정환수법'에 따르면 보조금 부정 수급이 드러나면 부정 수급액 환수와 함께 환수액의 최대 5배를 제재 부가금으로 부과하고 부정 수급자 명단도 공표할 수 있다.

어떻습니까, 여러분. '예시문 1'과 '수정문 5'를 비교해 보면 요약을 잘한 거 같나요? 여러 차례 언급한 것처럼 '수정문 5'도 필요에 따라서 더 짧게 줄일 수 있습니다. 상대적으로 덜 중요한 내용을 찾아 걸어 내는 거죠. 그렇게 한 줄, 한 줄 줄여 가다 보면 마지막엔 "지난 6년 동안 정부 복지 보조금 부정 수급액이 1,250억 원에 달하는 것으로 나타났다"라는 첫 문장만 남죠. 두 문장이나 세 문장으로 줄이는 것도 가능합니다. '수정문 6'을 보죠.

[수정문 6] 지난 6년 동안 정부 복지 보조금 부정 수급액이 1,250억 원

에 달하는 것으로 나타났다. 국민권익위원회(위원장 박은정)는 2013년 10월부터 지난 3월까지 들어온 6,607건의 신고 가운데 2,703건을 수사 및 감독 기관에 보내 부정 수급액 1,250억 원을 환수했다고 10일 밝혔다.

분야별로는 기초생활보장 급여나 어린이집 보조금 등 보건복지가 837억 원으로 가장 많았다. 이어 연구개발비 등 산업자원(143억 원), 실업급여 등 고용노동 분야(133억 원)순이다.

부정 수급 방법은 다양했다. 어린이집 아동이나 보육교사, 업체 연구원, 사회복지시설 직원 등을 허위 등록해 보조금을 부당하게 타 낸 경우가 많았다. 보조금을 목적에 맞지 않게 쓴 뒤 허위 증빙 서류를 내고, 급여를 현금으로 받거나 다른 사람 계좌로 받는 방식으로 기초생활보장 급여를 부정 수급한 경우도 있었다.

국민권익위 관계자는 "앞으로도 철저한 조사와 수사 의뢰를 통해 보조금 부정 수급을 근절할 수 있도록 최선을 다할 것"이라고 말했다.

결국 요약은 어느 수준에 이르면 '판단'의 문제가 됩니다. 무엇을 더 줄이느냐, 즉 빼느냐 하는 문제는 글 쓰는 사람의 가치 판단 영역이기 때문이죠. 상대적으로 더 중요한 것은 끝까지 남기고, 덜 중요한 것은 하나씩 줄이거나 없애는 것이 요약의 기술이니까요. 물론 중요하고 중요하지 않은 점을 잘 판단해야 한다는 것은 두말할 필요가 없습니다. 판단을 잘못하면 제대로 요약할 가능성도 없으니까요. 그럼 다음 사례로 넘어가 보겠습니다.

[예시문 2]

공무원 외부 강의 시 사례금 받는 경우만 신고······ 사후에 신고하는 것도 가능해

- 공무원 행동강령 및 지방의회 의원 행동강령 일부 개정안 3월 31일 국무회의 의결

앞으로 공무원과 지방의회 의원이 외부 기관의 요청을 받고 강의·강연·기고 등(이하 외부강의 등)을 할 때에는 사례금을 받는 경우에만 소속 기관장 또는 의장에게 신고하면 된다. 또한 외부 강의를 마치고 사후에 신고하는 것도 가능해진다.

국민권익위원회(위원장 박은정, 이하 국민권익위)는 이러한 내용을 담은 '공무원 행동강령' 및 '지방의회 의원 행동강령' 개정안이 지난달 31일 국무회의에서 의결되어 오는 5월 27일부터 시행된다고 밝혔다.

현행 '공무원 행동강령'과 '지방의회 의원 행동강령'은 공무원이나 지방의회 의원이 외부 강의 등을 하기 전에 미리 서면으로 신고하도록 규정하고 있으며, 사례금을 받지 않는 경우도 신고 대상에 포함하고 있다. 그러나 지난해 10월 '부정 청탁 및 금품 등 수수의 금지에 관한 법률'(이하 청탁금지법) 개정안이 국회를 통과하여 공직자 등의 외부 강의 신고 기준이 변경됨에 따라 제도의 통일성 있는 운영을 위해 '공

무원 행동강령'과 '지방의회 의원 행동강령'상의 외부 강의 관련 규정
도 이번에 개정하게 된 것이다.

새롭게 개정된 '공무원 행동강령' 및 '지방의회 의원 행동강령'에 따
르면 앞으로는 사례금을 받는 외부 강의 등에 대해서만 공무원과 지
방의회 의원에게 신고 의무가 부과되고 사례금을 받지 않는 경우에는
별도의 신고를 하지 않아도 된다.

또한 신고의 시기 역시 현재는 사전 신고를 원칙으로 예외적인 경
우에만 사후 신고를 인정하고 있으나, 앞으로는 외부 강의 등을 하기
전에 미리 신고하는 것뿐만 아니라 강의 등을 마친 날부터 10일 이내
에 사후 신고를 하는 것도 허용된다.

다만, 소속 기관장이나 의장은 신고된 외부 강의 등이 직무 수행의
공정성을 저해할 우려가 있다고 판단되면 해당 공무원 또는 지방의회
의원의 외부 강의 등을 제한할 수 있으며, 외부 강의 등을 통해 받을
수 있는 사례금의 상한도 현행과 동일하게 유지된다.

* '공직자 행동강령 운영 지침'(별표 3): 공무원, 지방의회 의원, 공직
  유관 단체 임직원은 시간당 40만 원, 교직원은 시간당 100만 원

국민권익위 임윤주 부패방지국장은 "이번 행동강령 개정안은 외부
강의가 우회적인 금품 수수 수단으로 악용되는 것을 막는 동시에, 각
급 기관이 보다 유연하게 외부 강의 신고 제도를 운영할 수 있게 되었

다는 점에서 의미 있는 변화"라고 말했다. 이어 "국민권익위는 행동강령이 공직 사회 내부의 실효성 있는 행위 기준으로 자리 잡을 수 있도록 지속적으로 노력해 나갈 것"이라고 말했다.

국민권익위원회 보도 자료(2020.4.1)

'예시문 2'에서도 '예시문 1'에서처럼 먼저 핵심 내용을 찾아볼까요? '예시문 2'의 핵심 내용은 ① 앞으로 공무원과 지방의회 의원이 외부 강의나 기고를 할 때 사례금을 받는 경우에만 신고하면 되며, 사후 신고도 가능하다, ② 지금까지는 사례금 유무와 상관없이 사전에 신고해야 했다, ③ 공무원의 외부 강의, 기고 등의 사례금 상한은 현재와 같다 정도로 요약할 수 있습니다. '예시문 2'에도 같은 내용의 반복이나 필요 없는 표현 등 군더더기가 꽤 있고 어려운 표현, 수동형 표현 등도 곳곳에 보입니다. 일단 제목도 좀 걸리는데, 제목부터 고쳐 보죠.

[기존 제목]
공무원 외부 강의 시 사례금 받는 경우만 신고… 사후에 신고하는 것도 가능해
- 공무원 행동강령 및 지방의회 의원 행동강령 일부 개정안 3월 31일 국무회의 의결

공무원 외부 강의, 사례금 받을 때만 신고… 사후 신고도 가능

- 관련 규정 개정안, 3월 31일 국무회의 의결

제목은 짧으니까 어떤 부분이 어떻게 달라졌는지 쉽게 비교할 수 있습니다. 요약의 핵심은 필요 없거나 중복인 표현을 최대한 제거하는 것입니다. 그럼 지금부터는 내용을 고쳐 보겠습니다.

[문단 1]　앞으로 공무원과 지방의회 의원이 외부 기관의 요청을 받고 강의·강연·기고 등(이하 외부강의 등)을 할 때에는 사례금을 받는 경우에만 소속 기관장 또는 의장에게 신고하면 된다. 또한 외부 강의를 마치고 사후에 신고하는 것도 가능해진다.

국민권익위원회(위원장 박은정, 이하 국민권익위)는 이러한 내용을 담은 '공무원 행동강령' 및 '지방의회 의원 행동강령' 개정안이 지난달 31일 국무회의에서 의결되어 오는 5월 27일부터 시행된다고 밝혔다.

'문단 1'은 공무원 등의 외부 강의 신고 절차가 달라진다는 내용입니다. 무엇이, 어떻게, 왜, 달라지는지 사실 관계도 잘 담겨 있습니다. 다만 좀 더 요약해 군더더기를 걷어 내 보죠. 표현도 조금 더 효과적으로 바꿔 보겠습니다.

[수정문 1] 5월 27일부터는 공무원과 지방의회 의원도 사례금을 받는 외부 강의·강연·기고(이하 외부 강의) 등만 소속 기관장 또는 의장에게 신고하면 된다. 사후 신고도 가능하다.

국민권익위원회(위원장 박은정, 이하 국민권익위)는 이런 내용을 담은 '공무원 행동강령' 및 '지방의회 의원 행동강령' 개정안을 지난달 31일 국무회의에서 의결해 5월 27일 시행한다고 밝혔다.

'문단 1'과 '수정문 1'은 큰 틀에서 보면 같은 내용입니다. 하지만 잘 살펴보면 꽤 차이가 있죠. '문단 1'은 '앞으로 공무원과……'로 첫 문장을 시작하지만 '수정문 1'은 '5월 27일부터 공무원과……'로 시작합니다. 왜 두 번째 문장에 있던 시행 시기를 첫 문장 맨 앞으로 가져왔을까요? 이 보도 자료에서 이른바 '리드'라고 하는 첫 문장을 쓴 이유는 전체 내용을 한 줄로 정리하는 느낌의 핵심 내용을 담기 위해서입니다. 그렇다면 이 보도 자료의 핵심 내용은 뭔가요? 앞서 얘기한 것처럼 공무원 등의 외부 강의 신고 제도가 달라진다는 겁니다. 그럼 여기서 가장 중요한 것은 '언제'부터 '왜' 달라지는가 하는 것이겠죠. '앞으로'라는 막연한 표현보다 실제 이 제도를 시행하는 '5월 27일'을 명시해 주는 게 훨씬 효과적인 이유입니다.

다음으로는 두 번째 문장에 등장하는 수동형 표현들을 고쳤습니다. '문단 1'의 둘째 문장에는 "개정안이 의결되어", "5월 27일부터 시행된다", 이렇게 두 부분에 수동형 표현이 있습니다. 여러 차례 언급한 것처럼 수동형 표현은 영어를 해석하는 과정에서 온 매우 어색한 표현입니다. 그래서 모든 수동형 표현은 다 능동형으로 바꿀 수 있죠. 수동형 표현을 보는 순간, 능동형으로 바꾸십시오. 아차, 하는 사이 수동형 문장을 썼다면 다시 정신을 차리고 능동형 문장으로 고쳐 쓰세요. 수동형만 쓰지 않아도 당신의 글은 그렇지 않은 사람들보다 몇 배는 잘 쓴 글이 됩니다. 수동형을 능동형으로 고치는 건 한국 사람이라면 어려운 일이 아닙니다. '문단 1'에 있는 "개정안이······ 국무회의에서 의결되어"라는 표현은 주어를 국무회의로만 바꾸면 됩니다. '국무회의에서 개정안을 의결해' 이렇게요. "시행된다" 역시 마찬가지입니다. 시행하는 건 개정안이겠지만 시행 주체는 누굴까요? 정부겠죠. 그럼 "국민권익위원회는······ 시행된다고 밝혔다"를 그냥 '국민권익위원회는······ 시행한다고 밝혔다'로 바꾸면 됩니다. 그 안에 시행의 주체인 '정부'를 생략했다고 볼 수도 있고, 국민권익위가 주어로 보일 수도 있지만 어떤 경우든 상관없습니다. 한국 사람이라면 누구나 무리 없이 다 이해할 수 있을 테니까요. '문단 2'로 갑니다.

[문단 2] 현행 '공무원 행동강령'과 '지방의회 의원 행동강령'은 공무원이나 지방의회 의원이 외부 강의 등을 하기 전에 미리 서면으로 신고하도록 규정하고 있으며, 사례금을 받지 않는 경우도 신고 대상에 포함하고 있다. 그러나 지난해 10월 '부정 청탁 및 금품 등 수수의 금지에 관한 법률'(이하 청탁금지법) 개정안이 국회를 통과하여 공직자 등의 외부 강의 신고 기준이 변경됨에 따라 제도의 통일성 있는 운영을

위해 '공무원 행동강령'과 '지방의회 의원 행동강령'상의 외부 강의 관련 규정도 이번에 개정하게 된 것이다.

새롭게 개정된 '공무원 행동강령' 및 '지방의회 의원 행동강령'에 따르면 앞으로는 사례금을 받는 외부 강의 등에 대해서만 공무원과 지방의회 의원에게 신고 의무가 부과되고 사례금을 받지 않는 경우에는 별도의 신고를 하지 않아도 된다.

'문단 2'는 공무원 외부 강의 규정이 바뀐 이유를 설명하는 부분입니다. 그런데 문장이 필요 이상으로 길고 반복하는 부분도 많습니다. 고쳐볼까요?

[수정문 2] 현행 규정은 공무원이나 지방의회 의원이 사례금 수수 여부와 관계없이 외부 강의 등을 하기 전에 서면으로 신고하도록 하고 있다. 하지만 지난해 10월 '부정청탁 및 금품 등 수수의 금지에 관한 법률'(청탁금지법) 개정으로 공직자 등의 외부 강의 신고 기준이 '사례금을 받는 경우만 신고하고 사후 신고도 가능하다'라고 바뀌면서 공무원과 지방의회 의원의 외부 강의 관련 규정도 개정했다.

결국 '문단 2'의 내용은 공무원이나 지방의회 의원 행동강령의 상위 법이라고 할 수 있는 '청탁금지법' 개정에 따른 후속 조치라는 얘기죠. 공직자나 언론기관 종사자 등에 대한 청탁 금지를 방지하기 위한 일명

'김영란법' 말입니다. 그런데 반복하거나 필요 없는 내용이 '문단 2'에 꽤 있습니다. "현행 '공무원 행동강령'과 '지방의회 의원 행동강령'은" 이미 앞에 나와 있기 때문에 '현행 규정'으로 줄이면 그만입니다. 독자에게는 복잡하고 어려울 수 있는 법규 이름을 자꾸 쓸 필요가 없죠.

'문단 2'의 두 번째 문장에서는 '청탁금지법'이 개정돼 통일성을 위해 공무원 행동강령 등을 개정한다고 했는데 뭔가 아쉽습니다. 뭘까요? 그 렇습니다. '청탁금지법의 어떤 부분이 어떻게 바뀌었지?' 하는 부분이 빠 졌죠. '수정문 2'에서는 그 부분을 보완했습니다. 그렇게 고치고 나니 '문 단 2'의 마지막 문장 "새롭게 개정된 '공무원 행동강령' 및 '지방의회 의 원 행동강령'에 따르면 앞으로는 사례금을 받는 외부 강의 등에 대해서 만 공무원과 지방의회 의원에게 신고 의무가 부과되고 사례금을 받지 않는 경우에는 별도의 신고를 하지 않아도 된다"는 필요가 없습니다. '수 정문 2'의 두 번째 문장의 "사례금을 받는 경우만 신고하고 사후 신고도 가능하다"라는 내용을 반복한 것이니까요. 다음으로 넘어가 보죠.

[문단 3]   또한 신고의 시기 역시 현재는 사전 신고를 원칙으로 예외 적인 경우에만 사후 신고를 인정하고 있으나, 앞으로는 외부 강의 등 을 하기 전에 미리 신고하는 것뿐만 아니라 강의 등을 마친 날부터 10일 이내에 사후 신고를 하는 것도 허용된다.

다만, 소속 기관장이나 의장은 신고된 외부 강의 등이 직무 수행의 공정성을 저해할 우려가 있다고 판단되면 해당 공무원 또는 지방의회 의원의 외부 강의 등을 제한할 수 있으며, 외부 강의 등을 통해 받을 수 있는 사례금의 상한도 현행과 동일하게 유지된다.

* '공직자 행동강령 운영 지침'(별표 3): 공무원, 지방의회 의원, 공직 유관 단체 임직원은 시간당 40만 원, 교직원은 시간당 100만 원

'문단 3'은 '문단 2'의 내용을 더 상세하게 설명하고 있습니다. 공무원 등의 외부 강의 관련 규정이 이전에는 어땠고, 앞으로 어떻게 바뀌는지 좀 더 자세하게 설명해 주고 있죠. 고쳐 보겠습니다.

[수정문 3] 현재는 사전 신고가 원칙이며 예외적인 경우에만 사후 신고를 인정하지만 개정한 규정에서는 강의 뒤 10일 안에 신고하는 것도 허용한다.
다만 소속 기관장이나 의장이 외부 강의가 공정한 직무 수행에 걸림돌이 될 수 있다고 판단하면 외부 강의를 제한할 수 있다.
외부 강의 사례금 상한선은 공무원, 지방의회 의원, 공직 유관 단체 임직원은 시간당 40만 원, 교직원은 시간당 100만 원으로 현행과 동일하다.

'수정문 3'은 '문단 3'의 군더더기 표현, 중복 표현을 많이 걸어 냈습니다. 그리고 "공정성을 저해할 우려가 있다고 판단되면"이라는 어렵고

복잡한 표현을 "걸림돌이 될 수 있다고 판단하면"이라고 바꿨습니다. '저해'라는 어렵고 낯선 표현을 순우리말인 '걸림돌'로 바꾸고 '판단되면'이라는 수동형도 '판단하면'을 써서 없앴으니 일석이조, "꿩 먹고 알 먹고"네요. 하하. '허용된다', '동일하게 유지된다'도 '허용한다', '동일하다'로 바꿔 수동형 제로 문단을 만들었습니다. 사례금 상한도 별도 내용으로 표시하기보다는 문장 안에 넣어서 친절하게 풀어 주는 게 독자들에게는 더 편합니다. 이제 마지막으로 갑니다.

[문단 4]　국민권익위 임윤주 부패방지국장은 "이번 행동강령 개정안은 외부 강의가 우회적인 금품 수수 수단으로 악용되는 것을 막는 동시에, 각급 기관이 보다 유연하게 외부 강의 신고 제도를 운영할 수 있게 되었다는 점에서 의미 있는 변화"라고 말했다. 이어 "국민권익위는 행동강령이 공직 사회 내부의 실효성 있는 행위 기준으로 자리 잡을 수 있도록 지속적으로 노력해 나갈 것"이라고 말했다.

'문단 4'는 간단합니다. 국민권익위 담당자가 개정안의 취지를 설명하는 부분이죠. 그런데 앞부분의 내용에 딱 들어맞지 않아 보여 조금 고쳐 봤습니다.

[수정문 4]　국민권익위 관계자는 "이번 개정안은 공무원과 지방의회 의원이 좀 더 융통성 있게 외부 강의 신고 제도를 이용할 수 있게 했

다는 점에서 의미가 있다"라면서 "국민권익위는 행동강령이 공직 사회 내부의 실효성 있는 행위 기준이 될 수 있도록 지속적으로 노력할 것"이라고 말했다.

먼저 국민권익위 담당자의 이름을 뺐습니다. 음, 독자가 이 개정안의 담당 공무원 이름을 알 필요가 있을까요? 요약의 기본은 필요 없는 내용은 뺀다는 겁니다. 그럼 '문단 1'의 '국민권익위원회(위원장 박은정)'는 왜 이름을 쓰느냐고요? 그건 좀 다르죠. 장관급 부처의 고위 공무원인 국민권익위원장의 이름을 아는 것은 어찌 보면 '상식'을 늘리는 일입니다. 어렸을 때 어느 나라 수도가 어디며, 대통령이 누구라는 식으로 말이죠.

사실 '문단 4'에서 개인적으로 가장 이해가 안 됐던 부분은 바로 첫 문장, "이번 행동강령 개정안은 외부 강의가 우회적인 금품 수수 수단으로 악용되는 것을 막는 동시에, 각급 기관이 보다 유연하게 외부 강의 신고 제도를 운영할 수 있게 되었다는 점에서 의미 있는 변화"라고 한 부분이었습니다. 먼저 앞부분을 보죠. 보도 자료 어디에도 이번 개정안이 '외부 강의를 우회적인 금품 수수 수단으로 악용하는 것을 막기 위해서'라는 내용은 없습니다. 이건 '청탁금지법'의 기본 취지인데 아마 그걸 강조하려다 보니 이 내용이 생뚱맞게 들어갔다고 추측해 봅니다. 이번 개정안의 핵심은 오히려 그 뒷부분, '외부 강의 신고 제도의 유연한 운영'에 있죠. 그런데 '문단 4'를 보면 그 주체가 '각급 기관'입니다. 정부 부처나

각급 기관이 이 제도를 유연하게 운영할 수 있어서 의미가 있다는 건데, 진짜 그런 건가요? 이건 두말할 것도 없이 '공급자 중심'의 관점에서 나온 문장이 아닌가 싶습니다. 정부가 어떤 제도를 개선하는 건 그 제도의 영향을 받는 사람들을 위한 것이죠. 그 제도를 운영하는 기관을 위한 게 아닙니다. 보도 자료에 있는 개정안의 혜택을 보는 사람은 각급 기관이 아니라 공무원과 지방의회 의원입니다. 그래서 '수정문 4'에서는 그렇게 주어를 바꿨습니다. 그럼 수정한 문단을 모두 모아 보겠습니다.

[수정문 5] 5월 27일부터는 공무원과 지방의회 의원도 사례금을 받는 외부 강의·강연·기고(이하 외부 강의) 등만 소속 기관장 또는 의장에게 신고하면 된다. 사후 신고도 가능하다.

국민권익위원회(위원장 박은정, 이하 국민권익위)는 이런 내용을 담은 '공무원 행동강령' 및 '지방의회 의원 행동강령' 개정안을 지난달 31일 국무회의에서 의결해 5월 27일 시행한다고 밝혔다.

현행 규정은 공무원이나 지방의회 의원이 사례금 수수 여부와 관계없이 외부 강의 등을 하기 전에 서면으로 신고하도록 하고 있다. 하지만 지난해 10월 '부정청탁 및 금품 등 수수의 금지에 관한 법률'(청탁금지법) 개정으로 공직자 등의 외부 강의 신고 기준이 '사례금을 받는 경우만 신고하고 사후 신고도 가능하다'라고 바뀌면서 공무원과 지방의회 의원의 외부 강의 관련 규정도 개정했다.

현재는 사전 신고가 원칙이며 예외적인 경우에만 사후 신고를 인정하지만 개정한 규정에서는 강의 뒤 10일 안에 신고하는 것도 허용한다.

다만 소속 기관장이나 의장이 외부 강의가 공정한 직무 수행에 걸림돌이 될 수 있다고 판단하면 외부 강의를 제한할 수 있다.

외부 강의 사례금 상한선은 공무원, 지방의회 의원, 공직 유관 단체 임직원은 시간당 40만 원, 교직원은 시간당 100만 원으로 현행과 동일하다.

국민권익위 관계자는 "이번 개정안은 공무원과 지방의회 의원이 좀 더 융통성 있게 외부 강의 신고 제도를 이용할 수 있게 했다는 점에서 의미가 있다"라면서 "국민권익위는 행동강령이 공직 사회 내부의 실효성 있는 행위 기준이 될 수 있도록 지속적으로 노력할 것"이라고 말했다.

여러분이 보기에 잘 요약했나요? 부족하다면 저도 더 노력하겠습니다. 이상적인 글쓰기를 이루는 그날까지! 함께 달려 보죠. 그럼 다음 사례로 넘어가 보겠습니다.

[예시문 3]

코로나19 피해 관광업계 긴급 금융 지원 2배 확대

- 신용보증부 특별 융자 1,000억 원, 융자금 상환 유예 2,000억 원

문화체육관광부(장관 박양우, 이하 문체부)는 지난 2월 중순부터 시행

하고 있는 관광업계 대상 긴급 금융 지원(관광진흥개발기금 융자)을 2배로 확대한다.

이에 담보력이 취약한 관광업계를 대상으로 신용보증을 통해 최대 2억 원까지 지원하는 신용보증부 특별 융자를 당초 500억 원 규모에서 1,000억 원으로 확대하고, 기존 관광진흥개발기금 융자의 1년간 상환 유예 규모도 1,000억 원에서 2,000억 원으로 늘려, 총 3,000억 원 규모의 금융을 관광업계에 지원한다.

이번 금융 지원 확대는, 코로나19 사태가 장기화 조짐을 보임에 따라 업계의 경영난을 해소하는 데 당초의 자금 공급 규모로는 충분하지 않을 것으로 판단되었기 때문에 결정됐다.

실제로 업계의 자금 신청도 많이 몰리고 있다. 우선 3월 13일 기준으로 신용보증부 특별 융자에는 모두 795개 업체, 464억여 원 규모로 신청이 들어왔는데, 주로 여행업계 사업체들이 전체 신청 건수의 80%(640개 업체), 신청액 규모의 76%(약 354억 원)를 차지하는 등, 이번 특별융자에 대한 영세한 여행 업체의 의존도가 높은 것으로 파악되었다.

* 현재, 158개 업체에 약 89억 원이 공급됨.(신청액 대비 19%)

또한 기존 융자 자금 상환 유예에 대한 수요도 높아 3월 13일 기준으로 총 326개 업체로부터 832억여 원의 신청이 쏟아졌다. 현재까지 277개 업체에 약 561억 원 규모의 상환 유예가 결정되었으며, 지속적인 심의를 거쳐 신청 업체 대부분이 1년간 상환을 유예받게 될 예정이다. 이번 상환 유예 결정에 가장 큰 수혜를 입은 업종은 호텔업으로 총 193개 업체 468억 원이 결정되어 전체 수혜 규모의 83.5%를 차지했다.

아울러 문체부는 신용보증재단, 농협은행 등 관련 기관과 협력하며 특별 융자가 신속히 처리될 수 있는 방안을 적극적으로 강구했다. 특별 융자의 경우, 1~2주 이내에 비교적 신속한 결정이 이뤄지는 상환 유예와는 달리 보증 신청에서 융자금 지급에 이르기까지 상당한 시간이 걸린다는 현장의 지적이 있었다.

이에 신용보증재단을 통한 주요 지역 재단 영업점의 신용보증 신청·처리 관련 인력을 보강하는 한편, 농협은행 지점에도 신용보증 접수 대행 창구를 확대해 설치하고 있다. 늦어도 다음 주부터는 전국 모든 농협 지점(1,138개소)에서 신용보증 신청을 접수할 예정이다.

또한 당초에는 매주 1회만 실시하던 신용보증 승인 및 융자 자금 공급을 주 2회로 확대해 과거 3주에서 길게는 1개월 넘게 기다려야 했던 특별 융자 자금의 공급도 신청 후 평균 2주 내외의 기간 안에 이뤄질 수 있도록 개선했다.

문체부 정책 담당자는 "규모를 확대한 이번 추가 지원을 통해 더욱 많은 업계에 자금 지원이 골고루 이뤄져 코로나19로 인한 어려움을 버텨나가는 데 도움이 되기를 희망한다"라며 "향후에도 어려운 업계에 필요한 자금이 신속하게 공급될 수 있도록 지속적으로 점검하겠다"라고 밝혔다.

문화체육관광부 보도 자료(2020.3.19)

'예시문 3'의 핵심 내용은 사실 복잡하지 않습니다. 제목에서 얘기하고 있는 그대로죠. 코로나19 사태로 피해를 보고 있는 관광업계에 대한 금융 지원을 두 배로 확대해 자금 대출 1,000억 원, 대출 상환 유예 2,000억 원 등 모두 3000억 원 규모의 지원을 한다는 게 핵심입니다. '예시문 3'은 구체적으로 어떻게 지원하는지도 설명하고 있는데 수동형도 많고 이해하기 어려운 문장도 많습니다. 필요 없는 군더더기 표현 역시 적지 않고요. 지금부터 고쳐 보죠.

[문단 1] 문화체육관광부(장관 박양우, 이하 문체부)는 지난 2월 중순부터 시행하고 있는 관광업계 대상 긴급 금융 지원(관광진흥개발기금 융자)을 2배로 확대한다.

이에 담보력이 취약한 관광업계를 대상으로 신용보증을 통해 최대 2억 원까지 지원하는 신용보증부 특별 융자를 당초 500억 원 규모에서 1,000억 원으로 확대하고, 기존 관광진흥개발기금 융자의 1년간 상환 유예 규모도 1,000억 원에서 2,000억 원으로 늘려, 총 3,000억 원 규모의 금융을 관광업계에 지원한다.

이번 금융 지원 확대는, 코로나19 사태가 장기화 조짐을 보임에 따라 업계의 경영난을 해소하는 데 당초의 자금 공급 규모로는 충분하지 않을 것으로 판단되었기 때문에 결정됐다.

'문단 1'은 코로나19 사태가 길어지면서 관광업계에 대한 긴급 금융 지원을 두 배로 확대한다는 내용을 담고 있습니다. 지원 금액 등 몇 가지 내용이 들어 있긴 하지만 문장들을 살펴보면 겹치는 내용이 많고 꼭 필요한 정보는 빠져 있기도 하네요. 일단 고쳐 보겠습니다.

[수정문 1]   문화체육관광부(장관 박양우, 이하 문체부)는 코로나19 사태가 길어져 관광업계 대상 긴급 금융 지원(관광진흥개발기금 융자) 규모를 기존 1,500억 원에서 3,000억 원으로 확대한다고 19일 밝혔다.

이에 따라 신용보증 특별 융자금은 500억 원에서 1,000억 원으로, 기존 융자금에 대한 1년 상환 유예 규모는 1,000억 원에서 2,000억 원으로 늘었다.

'수정문 1'을 보면 '문단 1'에 중복인 내용이 적지 않다는 것을 알 수 있습니다. '문단 1'의 핵심은 '코로나19 사태가 길어져 금융 지원 규모를 두 배로 늘린다'라는 것입니다. 이 내용만 충실하게 담으면 그만이죠. '문단 1'에 나오는 "담보력이 취약한 관광업계를 대상으로 신용보증을 통해 최대 2억 원까지 지원하는 신용보증부 특별 융자"와 같은 장황한 표현은 사실 필요 없습니다. '수정문 1'에서처럼 "신용보증 특별 융자금"이라고만 써도 충분하지 않을까요? '문단 1'의 마지막 문장 "이번 금융 지원 확대는, 코로나19 사태가 장기화 조짐을 보임에 따라 업계의 경영난을 해소하는 데 당초의 자금 공급 규모로는 충분하지 않을 것으로 판단되었기 때문에 결정됐다"는 '수정문 1'의 첫 문장 중간 부분 "코로나19

사태가 길어져"라는 표현만으로 모두 설명할 수 있습니다. 게다가 이 내용은 문체부가 관광업계에 긴급 금융 지원을 확대한 핵심 이유이기 때문에 첫 문장에 넣어 주는 게 좋겠죠. 그리고 '문단 1'에 꼭 들어가야 할 내용 가운데 빠진 것은 '지원 시기'입니다. 금융 지원을 언제부터 두 배로 확대하느냐에 대한 정보 말입니다. 이게 뭐 대충 오늘 보도 자료가 나왔으니 '오늘부터겠지'라고 추측하는 것과, 정확하게 몇 월 며칠 접수분부터 적용한다고 명시하는 것은 큰 차이가 있습니다. 이 긴급 자금을 신청하려는 사람에게는 더욱 그렇겠죠. 다음으로 넘어가 보겠습니다.

[문단 2]   실제로 업계의 자금 신청도 많이 몰리고 있다. 우선 3월 13일 기준으로 신용보증부 특별 융자에는 모두 795개 업체, 464억여 원 규모로 신청이 들어왔는데, 주로 여행업계 사업체들이 전체 신청 건수의 80%(640개 업체), 신청액 규모의 76%(약 354억 원)를 차지하는 등, 이번 특별융자에 대한 영세한 여행 업체의 의존도가 높은 것으로 파악되었다.

 * 현재, 158개 업체에 약 89억 원이 공급됨.(신청액 대비 19%)

또한 기존 융자 자금 상환 유예에 대한 수요도 높아 3월 13일 기준으로 총 326개 업체로부터 832억여 원의 신청이 쏟아졌다. 현재까지 277개 업체에 약 561억 원 규모의 상환 유예가 결정되었으며, 지속적인 심의를 거쳐 신청 업체 대부분이 1년간 상환을 유예받게 될 예정이다. 이번 상환 유예 결정에 가장 큰 수혜를 입은 업종은 호텔업으로 총 193개 업체 468억 원이 결정되어 전체 수혜 규모의 83.5%를 차지했다.

'문단 2'는 정부가 자금을 지원하는 실제 현황을 설명하고 있습니다. 꽤 길게 느껴지는 문장들이 연이어 나오고 있는데, 일단 고쳐 놓고 이야기하는 게 나아 보입니다.

[수정문 2]   3월 13일 기준으로 795개 업체가 신용보증 특별 융자를 신청(464억여 원)했는데 이 가운데 중소 여행사가 640개 업체(354억여 원)로 80%다. 현재까지 158개 업체가 89억 원의 특별 융자금을 받았다.

　　기존 융자금 상환 유예 신청도 326개 업체, 832억여 원 규모이며 277개 업체(561억여 원)에 대해 1년 상환 유예 결정이 내려진 상태다. 코로나19 피해가 심각한 호텔 업종이 전체의 83.5%에 이르는 468억 원의 융자금 상환 유예 혜택을 받았다.

'문단 2'에 나오는 "실제로 업계의 자금 신청도 많이 몰리고 있다"는 꼭 필요한 내용이 아닙니다. '신청이 쏟아졌다', '대부분이…… 상환 유예를 받게 될 예정이다' 등은 주관적이거나 부정확한 표현입니다. 정보 전달이 핵심인 글에서는 자칫하면 혼선이나 오해를 일으킬 수 있죠. 다음으로 갑니다.

[문단 3]   아울러 문체부는 신용보증재단, 농협은행 등 관련 기관과

협력하며 특별 융자가 신속히 처리될 수 있는 방안을 적극적으로 강구했다. 특별 융자의 경우, 1~2주 이내에 비교적 신속한 결정이 이뤄지는 상환 유예와는 달리 보증 신청에서 융자금 지급에 이르기까지 상당한 시간이 걸린다는 현장의 지적이 있었다.

이에 신용보증재단을 통한 주요 지역 재단 영업점의 신용보증 신청·처리 관련 인력을 보강하는 한편, 농협은행 지점에도 신용보증 접수 대행 창구를 확대해 설치하고 있다. 늦어도 다음 주부터는 전국 모든 농협 지점(1,138개소)에서 신용보증 신청을 접수할 예정이다.

또한 당초에는 매주 1회만 실시하던 신용보증 승인 및 융자 자금 공급을 주 2회로 확대해 과거 3주에서 길게는 1개월 넘게 기다려야 했던 특별 융자 자금의 공급도 신청 후 평균 2주 내외의 기간 안에 이뤄질 수 있도록 개선했다.

문체부 정책 담당자는 "규모를 확대한 이번 추가 지원을 통해 더욱 많은 업계에 자금 지원이 골고루 이뤄져 코로나19로 인한 어려움을 버텨나가는 데 도움이 되기를 희망한다"라며 "향후에도 어려운 업계에 필요한 자금이 신속하게 공급될 수 있도록 지속적으로 점검하겠다"라고 밝혔다.

'문단 3'은 긴급 재난 상황에서 정부가 관계 기관과 협력함으로써 신속하게 융자금을 지원하기 위해 노력하고 있다는 내용입니다. 핵심 내용은 대상자들이 지원 신청을 빠르고 편하게 할 수 있도록 접수창구를 늘리고 신청부터 자금 지원에 필요한 기간을 줄이겠다는 내용입니다. '문단 3'에는 긴 문장이 많은데 정리해 보겠습니다.

[수정문 3] 문체부는 특히 특별 융자를 신속하게 지원하도록 신용보증재단, 농협은행 등 관련 기관과 논의했다.

먼저 신용보증 신청 처리를 담당하는 신용보증재단 영업점 인력을 보강하고 있다. 또 농협은행 지점의 접수창구도 확대해 늦어도 다음 주부터는 전국 모든 농협 지점에서 특별 융자금 신청을 접수할 예정이다. 매주 한 번이던 신용보증 승인과 특별 융자금 공급도 주 2회로 늘렸다. 이에 따라 특별 융자금 신청에서 지급까지 평균 2주 정도 걸릴 것으로 보인다.

문체부 관계자는 "이번 추가 지원이 관광업계의 코로나19 극복에 도움을 주기 바란다"라며 "앞으로도 필요한 자금을 신속하게 공급할 수 있도록 지속적으로 점검하겠다"라고 말했다.

'문단 3'과 '수정문 3'의 분량을 비교하면, 거의 절반 정도로 줄었지만 필요한 내용은 다 들어 있다는 걸 알 수 있습니다. 글을 길고 장황하게 쓸수록 전하려는 메시지의 전달 효과는 떨어집니다. 그래서 요약이 필요하죠. 요약은 결국 문제의 핵심을 찾고 단순화하는 작업이니까요. 수정문을 다 모아 보겠습니다.

누구나 알지만 아무나 못 하는, 글쓰기 비법

[수정문 4]　문화체육관광부(장관 박양우, 이하 문체부)는 코로나19 사태가 길어져 관광업계 대상 긴급 금융 지원(관광진흥개발기금 융자) 규모를 기존 1,500억 원에서 3,000억 원으로 확대한다고 19일 밝혔다.

이에 따라 신용보증 특별 융자금은 500억 원에서 1,000억 원으로, 기존 융자금에 대한 1년 상환 유예 규모는 1,000억 원에서 2,000억 원으로 늘었다.

3월 13일 기준으로 795개 업체가 신용보증 특별 융자를 신청(464억여 원)했는데 이 가운데 중소 여행사가 640개 업체(354억여 원)로 80%다. 현재까지 158개 업체가 89억 원의 특별 융자금을 받았다.

기존 융자금 상환 유예 신청도 326개 업체, 832억여 원 규모이며 277개 업체(561억여 원)에 대해 1년 상환 유예 결정이 내려진 상태다. 코로나 19 피해가 심각한 호텔 업종이 전체의 83.5%에 이르는 468억 원의 융자금 상환 유예 혜택을 받았다.

문체부는 특히 특별 융자를 신속하게 지원하도록 신용보증재단, 농협 은행 등 관련 기관과 논의했다.

먼저 신용보증 신청 처리를 담당하는 신용보증재단 영업점 인력을 보강하고 있다. 또 농협은행 지점의 접수창구도 확대해 늦어도 다음 주부터는 전국 모든 농협 지점에서 특별 융자금 신청을 접수할 예정이다. 매주 한 번이던 신용보증 승인과 특별 융자금 공급도 주 2회로 늘렸다. 이에 따라 특별 융자금 신청에서 지급까지 평균 2주 정도 걸릴 것으로 보인다.

문체부 관계자는 "이번 추가 지원이 관광업계의 코로나19 극복에 도움을 주기 바란다"라며 "앞으로도 필요한 자금을 신속하게 공급할 수 있도록 지속적으로 점검하겠다"라고 말했다.

지금까지 예시문 세 개로 요약 '실전 연습'을 해 봤습니다. 음, '감'이 좀 잡히나요? 요약한다는 게 어찌 보면 단순한 글쓰기 기술인 것 같지만 실제 해 보면 그리 만만치 않은 작업이라는 걸 알 수 있습니다. 요약을 잘한다는 건, 그만큼 글의 핵심 내용을 정확하게 파악하고 표현할 수 있다는 뜻이기 때문이죠. 바꿔 말하면 어떤 글이든 자유자재로 요약할 수 있는 능력을 갖춘다면 '글쓰기 달인'의 경지로 향하는 첫 번째 기술을 탄탄하게 마스터했다고 볼 수 있겠죠. 여기에서 연습한 예시문 세 개만으로 요약을 마스터할 수는 없습니다. 여러 차례 얘기한 것처럼 말이죠. 다양한 글을 읽고 줄이고 생각하기를 꾸준하게 반복해야만 서서히 그런 능력을 갖출 수 있죠. 불가능한 일은 아니죠. 글쓰기를 잘하고 싶은 의지가 얼마나 있느냐의 차이일 뿐입니다. 그럼 이제 논술의 세계로 넘어가 보겠습니다. 같이 출발하죠.

실전 연습 2 논술

논술은 말 그대로 '논리적으로 풀어 쓰는 글'입니다. 그렇다면 뭘 논술할까요? 논리적으로 푼다는 데 그 힌트가 있겠죠. 뭔가 서로 다른 의견이나 주장이 나올 수 있는 사안, 그러니까 논쟁적인 이슈가 그 대상이 됩니다. 여기에서는 요약 실전 연습에서처럼 어떤 글을 제시하고 고치는 형식이 아니라, 몇 가지 주제를 제시하고 그 주제에 대해 어떻게 논리적인 풀어 쓰기, 즉 논술을 할 수 있는지 함께 호흡을 맞추면서 써 나가는 방식으로 해 보려고 합니다. 그러려면 논쟁 포인트가 많거나 찬반 의견이 명확한 주제를 정하는 게 좋겠습니다.

여기서는 ① 사형 제도 존폐 논란, ② 범죄자 신상 공개 범위 논란, ③ 돈과 명예 둘 다 가지려는 탐욕 등 세 가지 주제로 논술 글쓰기를 해 보겠습니다. 다 아는 것처럼 논술은 대학이 신입생을 선발하는 주요 수단이기도 하죠. 또 앞서 언급한 것처럼 대학 입학 전형과 취업 과정의 심층 면접은 사실상 논술의 '말하기 버전(version)'이기도 합니다. 실제 사회생활을 하면서 해야 하는 일 가운데 많은 부분이 논리적인 글쓰기, 논리적인 사고와 밀접하게 관련돼 있습니다. 좀 과장해서 말하면 논리적 글쓰기를 잘하면 면접도, 회사 업무도 다 잘할 수 있다는 얘기죠. 그럼 지금부터 우리 함께 부푼 꿈을 갖고 논술에 도전해 봅시다.

주제 1   사형 제도 존폐 논란

논술의 목적은 무엇일까요? 논술은 자신의 주장을 적절한 근거를 들어 설명함으로써 다른 사람들의 공감과 수긍을 얻어 내기 위해 쓰는 글입니다. 어떤 사회적 이슈가 발생하면 신문은 사설과 칼럼을 통해 '논술'

을 합니다. 이제는 유튜브와 인스타그램 등 SNS를 통해 자신의 주장을 펼치는 경우도 많습니다. 방송의 토론 프로그램 역시 논술입니다. 결국 토론이나 사설, 칼럼 등은 전달 방식만 다를 뿐 모두 논술이라고 할 수 있습니다. 그렇다면 논술의 핵심은 결국 내 주장이 논리적인가, 다른 사람을 설득할 수 있을 만큼 합리적인 근거를 바탕으로 한 주장인가 하는 점입니다. 이 부분을 충족해야 논술의 목적을 이룰 수 있을 테니까요.

사형 제도를 유지해야 하느냐, 폐지해야 하느냐는 오랫동안 해답을 찾지 못하고 있는 우리 사회의 중요한 논란거리 가운데 하나입니다. 한국은 사형 제도를 법률상 유지하고 있지만, 1997년 12월 이후 집행하지 않아 국제사면위원회가 '실질적 사형 폐지국'으로 분류하고 있습니다. 국제사면위원회는 법원이 사형을 확정한 기결수에 대해 10년 이상 사형 집행을 하지 않은 국가를 실질적 사형 폐지국으로 분류합니다. 하지만 유영철 사건, 조두순 사건, 이춘재 사건 등 잔혹한 연쇄 살인 사건 등이 잇따르면서 법에 근거해 사형을 집행해야 한다는 목소리도 적지 않습니다. 무엇보다 법률상 사형이 가능하고, 극악무도한 흉악범에 대한 법 집행으로 범죄자들에게 경각심을 불러일으켜야 한다는 것입니다. 또 극악무도한 범죄 행위를 처벌해 피해자 유가족의 고통을 덜어 줘야 한다는 주장도 나옵니다. 하지만 종교계와 일부 정치권을 중심으로 사형 제도 폐지 주장도 계속 나오고 있습니다.

사형 제도 폐지에 찬성하는 사람들은 이렇게 주장합니다. 한국에 사형 제도가 있지만 범죄의 잔혹성이 줄어들기는커녕 더 커지고 있어 사형 제도 존속의 의미가 없다는 것이죠. 또 1997년 이후 20년이 넘게 사형 집행을 하지 않아 사실상 사형 제도는 사문화됐고, 인간의 생명은 보복심을 충족하거나 '제도적 살인'을 정당화하는 도구가 돼서는 안 된다고 덧붙입니다. 인간 교화의 가능성도 이야기하죠. 경제 전문가들은 또 이렇게 얘기합니다. 유럽연합(EU)과의 교역을 위해서는 사형 집행을 할 수 없다고요. EU 국가들은 사형 제도를 일찌감치 다 폐지했는데, 한국이 사형을 집행하면 한국과 무역을 단절할 가능성이 크고 그러면 한국 경제가 큰 타격을 받을 수밖에 없다는 것이죠. 2019년 말 기준으로 전 세계 197개국 가운데 103개국이 사형 제도를 폐지했고 51개국은 실질적 사형 폐지 국가라고 합니다. 실제로 사형을 집행하는 나라는 미국(일부 주), 일본, 중국, 북한, 이라크, 싱가포르, 이란 등 43개국뿐이고요.

여기서는 사형 제도를 찬성하는 관점에서 논술해 보겠습니다. 논술에 앞서 사형 제도 찬반에 대한 주장과 근거부터 먼저 요약해 볼까요?

● 사형 제도 찬성 논리
- 극악무도한 범죄 행위는 법이 정한 대로 처벌하는 것이 합당하다.
- 사형 제도를 유지하고 집행함으로써 극악무도한 범죄의 예방 효과가 일정 부분 있을 것이다.
- 사형 집행은 피해자와 그 유가족의 고통과 아픔에 대한 응보의 성격이다.

● 사형 제도 반대 논리

- 존엄한 인간의 생명을 보복심 충족이나 제도적 살인을 정당화하는 도구로 써서는 안 된다.
- 사형 제도를 유지한다고 해서 흉악 범죄가 줄어드는 예방 효과는 거의 없거나 미미하다.
- 법원의 오판으로 무고한 사람이 사형당한다면 그 피해는 돌이킬 수 없다.
- 전 세계적으로 사형 제도를 폐지하는 추세다.
- 사형 집행을 할 경우 EU와의 교역에 문제가 생겨 경제적으로 타격 받을 수밖에 없다.

여기에 정리한 내용 말고도 여러 논리가 있겠지만 여기서는 이 정도의 내용을 토대로 사형 제도에 찬성하는 주장을 펼쳐 보겠습니다. 어떤 주장을 할 때 중요한 것은 여러 차례 강조한 것처럼 내 주장에 설득력이 있어야 한다는 것입니다. 설득력을 갖춘 주장을 내놓으려면 근거가 적절해야 합니다. 또 반대 주장의 힘을 떨어뜨릴 수 있는 논리적인 반박도 필수적이죠. 그리고 또 하나, 중요한 팁이 있습니다. 논술이 힘을 받으려면 내가 주장하는 내용에 들어맞는 실제 사례나 사건을 함께 제시하는 게 좋습니다. 사례는 결국 이야기인데, 적절한 이야기를 제시하면 독자들이 훨씬 더 내 주장에 귀 기울이고 몰입할 수 있기 때문이죠. 그럼 지금부터 논술을 해 보겠습니다.

[논술문 1] "○○○ 씨 맞으신가요? 여기 ○○경찰서입니다. 아내분이 살해당했습니다. 범인은 현장에서 잡혔고요."

어느 날 저녁, 당신은 하늘이 무너지는 전화를 한 통 받는다. 세상 그 무엇과도 바꿀 수 없는 아내가 한적한 골목길에서 강도를 당해 칼을 맞고 숨졌단다. 범인은 용감한 행인들의 추격과 신고로 현장에서 잡혔다. 시간이 어떻게 흘렀는지 모른다. 아내는 순식간에 사라졌다. 경찰과 검찰 수사를 거치면서 아내를 죽인 범인은 13명의 여성에게서 돈을 빼앗고 강간한 뒤 살해한 연쇄살인범이라는 사실이 드러났다. 2년 뒤 대법원은 그의 사형을 확정했다. 하지만 10년이 지난 지금도 그는 멀쩡하게 숨 쉬며 살아 있다. 하루 세 끼를 챙겨 먹고, 적당히 운동도 하고, TV도 보며 그렇게. 대한민국은 20년 넘게 사형을 집행하지 않고 있다. 앞으로도 사형을 집행할 가능성은 별로 없어 보인다. 연쇄살인범과 당신은 오늘도 한 하늘 아래서 함께 숨 쉬며 살고 있다. 당신의 아내는 차디찬 땅속에서 오늘도 한 서린 울음을 토해 내고 있다.

지금 이 글을 읽고 있는 그 누구도 이 사례의 '당신'이 되고 싶지는 않을 것이다. 아니, 이런 상상을 하는 것만으로도 불쾌해하고 몸서리치는 사람이 대부분일 게다. 그런데 이게 상상이나 가정이 아니라 현실인 사람이 우리 사회에는 적지 않다. 그들의 삶은 어떨까. 우리는 극악무도한 범죄를 당한 피해자의 유가족이 어떤 삶을 사는지 상상이나 할 수 있을까.

한국은 법률상으로 사형 제도를 유지하고 있지만 1997년 12월 이

후 사형 집행을 하지 않아 국제사면위원회는 한국을 '실질적 사형 폐지국'으로 분류하고 있다. 전 세계적으로도 사형 제도는 없어지는 추세다. 지난해 말 기준으로 전 세계 197개국 가운데 103개국이 사형 제도를 폐지했고, 51개국은 실질적 사형 폐지 국가다. 실제 사형을 집행하는 나라는 미국(일부 주), 일본, 중국, 북한, 이라크, 싱가포르, 이란 등 43개국뿐이다. 그렇다면 우리도 실질적 사형 폐지국을 넘어 이제는 사형 제도 자체를 폐지하는 게 바람직할까? 그 무엇보다 존엄한 인간의 생명을 보복심 충족이나 국가의 '제도적 살인'을 정당화하는 도구로 써서는 안 된다는 사형 폐지론자들의 주장처럼 말이다.

그런데 이런 주장에 쉽게 고개를 끄덕일 수 없다. 범죄 피해자 유가족인 '당신'들은 더욱더 그럴 것이다. 보호해야 할 존엄한 인간의 생명은 다른 사람의 생명도 똑같이 존중하는 사람에게 한정돼야 하지 않을까? 무고한 사람의 생명을 아무 이유도 없이 무참히 앗아간 살인범의 생명이 보호할 가치가 있는 존엄한 생명이라고 할 수 있을까? 덧붙여 법에서 정하고 있는 사형 제도를 집행하지 않는 것은 그 자체로 법을 무시하는 불합리한 행위가 아닐까. 범죄에 대한 처벌은 추가 범죄예방 효과 못지않게 응보(저지른 범죄에 대한 대가로 상응한 형벌을 주는 것)의 성격도 중요하다. 극악무도한 범죄자에 대한 사형 집행은 돌이킬 수 없는 피해를 본 피해자와 그 유가족의 고통에 대한 응보이기 때문이다. 사형 집행은 범죄자들에게 '나도 사형당할 수 있다'는 경각심을 심어 줄 수 있기 때문에 일정 부분 범죄 예방 효과도 있다.

하지만 사형 폐지론자들은 사형 제도를 유지한다고 해서 흉악 범죄가 줄어드는 예방 효과는 거의 없거나 미미하다고 주장한다. 또 법원이 잘못 판단해 무고한 사람이 사형당한다면 그 피해는 돌이킬 수 없다고도 말한다. 20년 넘게 하지 않던 사형을 집행하면 EU와의 교역에 문제가 생겨 경제적으로 타격받을 수밖에 없다는 목소리도 나온다. 하나씩 짚어 보자.

한국의 사형 제도 유지가 흉악 범죄 예방 효과가 없는 것은 20년 넘게 집행하지 않아서는 아닐까? 실제로 흉악 범죄 예방 효과가 없다고 하더라도 사형 집행을 통해 피해자와 유가족에 대한 응보 효과는 거둘 수 있지 않을까. 법원의 오판 가능성이 걱정이라면 사실 관계가 명확한 범죄자들에 대해 우선 사형을 집행하면 된다. 연쇄살인범 유영철이나 강호순, 이춘재의 범죄 사실에도 '오판의 가능성'이 있을까? EU와의 교역 문제는 어찌 보면 부차적인 이슈가 아닐까 싶다. 우리가 사형을 집행한다고 EU와 교역을 단절한다면, 꾸준히 사형을 집행하고 있는 미국이나 중국, 일본 등은 어떻게 EU와 교역하는 것일까? 실질적 사형 폐지 국가의 지위를 계속 유지하고 싶은 정부 관계자들의 군색한 변명은 아닐까.

그래도 이런저런 이유로 사형 집행을 할 수 없다면 적어도 '가석방 없는 종신형' 제도라도 만들어 극악무도한 범죄자들을 이 사회에서 죽을 때까지 격리해야 하지 않을지 생각해 본다. 그들이 교도소에서 먹고사는 비용도 국가가 아니라 범죄자나 그 가족의 재산 혹은 범죄자의 노동으로 부담하게 한다면 더 바람직할 것이다. 무엇보다 사형 제도 존폐 논란은 국민의 합의를 거쳐 결정해야 하는 문제가 아닌가 싶다. 피해자나 그 유가족의 의견을 제대로 담아서 말이다.

영화 〈넘버 3〉(1997년 작)에서 마동팔 검사(최민식 분)는 폭력 조직의 넘버 3인 태주(한석규 분)에게 이렇게 말한다.

"내가 제일 싫어하는 말이 뭔지 아나? 죄는 미워하되 사람은 미워하지 말라. 참 × 같은 말이지. 야, 사실 죄가 무슨 죄가 있냐. 그 죄를 짓는 그 × 새끼가 나쁜 새끼지."

마 검사의 이 말을 '아니다'라고 부정할 수 있는 사람이 있을까? 만약 내 소중한 가족이, 지인이 어느 날 갑자기 극악한 범죄의 피해자가 됐는데도 '당신'이 사형 제도를 반대할 수 있을까? 대다수 사람이 이런 상황에서도 '그렇다'라고 답한다면 한국 사회에서 사형 제도를 없애는 게 맞는다. 하지만 그게 아니라면, 더 깊이 있는 논의와 합의가 필요하다.

논술은 내 생각을 강요하는 글이 아닙니다. 내 생각을 논리적으로 주장해 다른 사람들이 끄덕이게 하는 글이죠. 결국 논리로 설득하고 공감하도록 만들어야 효과를 발휘합니다. 예시로 든 '논술문 1'에 그런 효과가 있는지 없는지는 모르겠습니다. 노력은 했습니다만. 하하. 좀 세부적으로 설명하자면 이렇습니다. 먼저 글을 읽는 사람이 누구나 자신의 상황에 대입해 볼 수 있는 사례를 앞세워 호기심을 유발하고, 몰입하고 공감하게 하려고 시도했습니다. '어느 날 갑자기 당신이 범죄 피해자의

누구나 알지만 아무나 못 하는, 글쓰기 비법

가족이 된다면'이라는 설정이죠. 그다음 우리 사회에서 벌어지고 있는 사형 제도 찬반 논란과 전 세계의 사형 제도 현황 등을 제시하죠. 그러고 나서는 사형 제도가 아직까지는 필요하다는 주장을 펼칩니다. 핵심은 '피해자나 유가족 관점에서 생각해 보자', '형벌의 집행은 범죄 예방 효과에만 있는 게 아니라 범죄에 대한 응보의 성격도 중요하다', 이 두 가지입니다.

이와 함께 사형 폐지론자들의 여러 주장도 모두 제시한 뒤 그 주장을 반박하는 자기 나름의 논리를 조목조목 제시하고 있습니다. 논술이 일방적인 주장이나 강요로 보이지 않으려면 이렇게 반대 주장을 반박하는 논리가 반드시 들어가야 합니다. 그렇지 않으면 '너희가 뭐라고 떠드는지 나는 모르겠고, 내 생각은 이래'라고 말하는 글에 불과합니다. 어떤 주장을 할 때 격한 표현이나 어조, 단어를 많이 쓴다고 해서 효과가 커지는 것은 아닙니다. 오히려 좀 더 예의 바르고 돌려서 표현하더라도 그 근거나 내용이 설득력 있고 공감을 줄 수 있다면 효과가 더 크죠. 또 찬반 논리의 한쪽에 서는 글이라고 해도 결론 자체를 한쪽으로 단정 짓기보다는 '내 주장은 이러하지만 당신들 주장도 일리가 있으니 좀 더 논의를 거쳐 사회 혹은 국민적 합의를 이루자'는 식으로 건설적으로 끝맺는 것이 더 바람직하고 공감대를 형성하는 데도 더 도움을 주는 경우가 많습니다. 그럼 이제 다음 사례로 가 보겠습니다.

주제 2 범죄자 신상 공개 범위 논란

범죄자 신상을 어느 수준까지 공개하느냐도 항상 논란거리입니다. 2020년 3월엔 미성년자 성 착취물을 제작하고 유포한 '텔레그램 n번 방 사건'의 주범 조주빈의 신상을 경찰이 수사 단계에서 공개했습니다. 그 후 공범인 강훈, 이원호 등의 신상도 잇따라 공개했습니다. 전 남편 살해범 고유정, 아파트 방화 살인범 안인득 등도 수사 단계에서 신원을 공개했죠. 이들에 대한 신상 공개는 '특정 강력 범죄의 처벌에 관한 특례법'과 '성폭력특별법'에 따른 것입니다. 이 법률들에 따르면 기본적인 윤리와 사회 질서를 침해하는 강력 범죄로부터 국민과 사회를 지키기 위해 필요한 경우 강력 범죄 피의자의 얼굴, 성명, 나이 등 신상에 관한 정보를 공공의 이익을 위해 법원 판결 전 수사 단계에서 공개할 수 있습니다. 하지만 여기에 반대하는 목소리도 있습니다.

범죄 사안마다 신상 공개 기준이 모호하고 다른 데다 범죄자 신상 공개로 그 가족이나 지인 등이 2차 피해를 볼 수도 있다는 것 등이 그 이유죠. 범죄자 신상 공개가 범죄자들의 사회 재적응을 방해해서 오히려 재범률을 높이는 부작용이 크다는 주장도 나옵니다. 여기서는 범죄자 신상 공개가 필요하다는 주장을 펼쳐 보려고 합니다. 이번 주제는 앞선 사형제 존폐 논란만큼 복잡하고 방대하지는 않아서 바로 논술을 시작하려고 합니다. 같이 한번 보죠.

[논술문 2] 미성년자 성 착취물을 제작해 유포한 이른바 '텔레그램 n번

방 사건'으로 범죄자 신상 공개 범위에 대한 논란이 다시 일고 있다. 경찰은 이 사건의 주범인 박사방 운영자 조주빈(25)에 이어 공범인 육군 일병 이원호(19)와 강훈(19)의 신상도 잇따라 공개했다. 현행법은 살인과 성폭행 등 일정 요건을 충족하는 강력 범죄 피의자의 얼굴, 성명, 나이 등 신상에 관한 정보를 법원 판결 전 수사 단계에서 공개할 수 있도록 하고 있다. 경찰은 신상 정보 공개 심의위원회를 통해 강력범의 신상 공개 가부를 판단하고 결정한다. 이는 기본적인 윤리와 사회 질서를 침해하는 강력범의 신상을 공개해 이들로부터 국민과 사회의 안전을 지키기 위한 것이다. 범죄자들의 인권보다 공공의 알권리, 공공의 이익이 더 중요하다는 판단도 깔려 있다. 전 남편을 잔인하게 살해한 고유정(37)이나 아파트에서 '묻지 마 방화 살인'을 저지른 안인득(43) 등의 신상 정보를 수사 단계에서 공개한 것도 같은 흐름이다.

강력 범죄를 저지른 사람들에 대한 신상 정보 공개는 국민의 알권리 보장 차원에서 바람직하다. 또 범죄자들이 교도소에서 나와 사회로 돌아왔을 때, 국민들이 미리 조심하고 예방할 수 있다는 점에서도 유익하다. 하지만 법원의 재판을 거쳐 사실 관계와 유무죄가 정해지지도 않은 상황에서 범죄자들의 신상 정보를 공개하는 것은 지나치다는 목소리도 있다. 범죄자들에 대한 신상 정보 공개로 이들의 가족이나 지인 등이 '2차 피해'를 볼 수 있다는 주장도 있다. 비슷한 범죄에 대해 어떤 경우는 신상 정보를 공개하고, 어떤 경우는 공개하지 않는 등 그 기준이 모호해 공정하지 않다는 비판도 있다. 범죄자 신상 정보 공개가 이들의 사회 재적응을 방해해서 오히려 재범률을 높이는 부작용이 크다는 견해도 있다. 경찰의 신상 정보 공개 심의위원회도 여론의 목소리가 큰 사건에 대해서만 신상 정보 공개 결정을 내려 그 기준이 공정치 않다는 주장도 나온다.

하지만 이런 이유들을 근거로 강력 범죄자의 신상 정보를 공개하지 말자고 주장하는 것은 "구더기 무서우니 장 담그지 말자"라고 주장하는 것과 다르지 않다. 현행법에 따라 신상 정보 공개 대상인 범죄자들의 범죄 사실을 살펴보라. 무고한 사람 수십 명을 잔혹하게 살해하거나 성폭행 한 범죄자, 사람의 얼굴을 수십 차례 칼로 찔러 숨지게 하거나 사람을 죽인 뒤 시신을 토막토막 훼손해 아무렇지도 않게 이곳저곳에 나눠 버린 범죄자 등이다. 모든 범죄자의 신상 정보를 공개하자는 게 아니다. 최소한의 윤리와 상식마저 저버린 인면수심 범죄자들의 신상 정보를 공개해 나와 내 이웃의 안전을 지키자는 것이다. 이들의 신상 정보 공개가 범죄자들에게 합당한 사회적 형벌을 내리는 측면도 있다. 미국에서는 흉악범과 성범죄자의 얼굴과 나이, 키, 몸무게, 주소는 물론 학력, 타고 다니는 차의 종류까지도 모두 인터넷에 공개해 누구나 찾아볼 수 있다. 공개 대상인 범죄의 수준은 한국과 비교하면 크게 낮다. 일본은 강력 범죄가 발생하고 피의자를 특정하면 그 순간 바로 신원을 공개한다. 범죄자의 인권보다 국민의 안전과 알 권리가 우선이라고 생각하기 때문이다. 범죄자의 가족이나 지인에 대한 2차 피해 발생 우려에 대해서는 국가가 보완책을 마련하는 방식으로 접근하면 된다. 범죄자 가족이나 지인의 2차 피해 우려와 전 국민의 안전과 알권리 가운데 어떤 것이 더 중요할까? 이 부분에 대한 이성적인 판단과 사회적 합의가 필요하다. 범죄자 신상 공개가 재범률을 높인다는 일부의 주장은 근거가 명확하지 않다. 하지만 이 역시도 좀 더 철저한 전과자 관리 시스템 보완을 통해 해결할 문제다. 재범률이 높아질까 봐 강력범의 신상 정보를 공개하지 않는다는 것은 앞뒤가 바뀐 얘기라는 것이다.

다만 강력범 신상 정보 공개 기준이 추상적이고 모호하다는 지적은 정부와 경찰 당국이 새겨들어야 할 부분이다. 어떤 정책이나 결정이든 그 기준이 모호해 비슷한 사안에 대해 다른 결정을 내린다면 그 정당성을 주장할 수 없다. 범죄자 신상 정보 공개처럼 민감한 사안은 더 말할 필요도 없다. 범죄자 신상 정보 공개에 대한 세부 기준을 최대한 명확하게 담아 법률을 개정해 논란을 없애야 한다.

어떤 정책이나 법률도 국민 모두의 지지를 받을 수는 없다. 중요한 것은 우리 사회의 다수가 공감하고 지지할 수 있는 정책이나 법률을 시행하고, 그 과정에서 벌어지는 시행착오들은 부작용을 최소화하며 운용하는 것이다. 범죄자 신상 정보 공개 논란 역시 마찬가지다. 범죄자와 피해자, 제3자인 국민까지 모두가 만족하기는 어려울 수밖에 없다. 그 안에서 더 우선하는 가치가 무엇인지, 사회적 합의와 타협을 이끌어 내 제도를 시행하면서 이견이 있는 부분은 고쳐 나가는 슬기가 필요하다.

이번 논술문 역시 최근 이슈가 됐던 범죄 사건을 사례로 들며 시작해 강력 범죄자의 신상 정보 공개가 왜 필요한지 근거를 들어 설명했습니다. 사형 제도 존폐 논란에서와 마찬가지로 신상 정보 공개를 반대하는 목소리 역시 소개하고 그 반대 논리도 제시했습니다. 논술문을 크게 나누면 ① 논란이 되는 이슈에 대한 설명, ② 해당 이슈에 대한 찬성 및 반대 주장과 논리 설명, ③ 내 주장과 그 이유 + 반대 주장에 대한 반박으로 볼 수 있습니다. 이러한 큰 줄기에서 얼마나 설득력 있게 내 논리를 펼치느냐가 논술문의 성패를 결정짓는 열쇠가 되겠죠. 그럼 마지막 세 번째 주제로 가 볼까요.

주제 3   돈과 명예 둘 다 가지려는 탐욕

이 주제는 사실 잊을 만하면 항상 나오는 논란입니다. 왜냐고요? 여러분도 한번 생각해 보세요. 고위 공직자 임명에 따른 인사청문회 말입니다. 뭐 부동산 투기를 했느니, 탈세를 했느니, 논문을 표절했느니 등등. 이런 의혹이 언론 등을 통해 불거지면 당사자들은 대부분 "사실이 아니다", "법적 대응을 하겠다"라며 펄펄 뛰죠. 극히 이례적으로 잘못을 인정하고 물러나는 경우도 있지만 대부분은 그렇지 않죠. 최대한 끝까지 "사실이 아니다", "뭔가 오해가 있다", "나는 몰랐다" 등등의 변명을 하며 버팁니다. 심지어 정치인들 가운데 상당수는 법원에서 유죄를 확정해도 "억울하다", "누명이다"라는 주장을 내놓기도 합니다. 무엇이 정말 진실인지는, 뭐 사실 하늘이 알겠죠. 자기 자신의 양심하고요.

하여튼 이런 일들은 대부분 '돈'과 '명예' 둘 다 갖고 싶은 욕심에서 비롯됩니다. 사실 조금 부정한 방법을 섞어 가며 재산을 불렸다고 해도 정말 대단한 부자나 유명인이 아닌 이상 대중의 관심 대상이 되진 않습니다. 재벌 그룹 회장이나 유명 정치인이나 연예인, 스포츠 스타급이 아니라면 말이죠. 그런데 사람의 욕심이란 게 끝이 없어서 어느 정도 재력을 갖추면 뭔가 사회적 영향력, 높은 자리, 그러니까 '명예' 혹은 '권력'을 갖고 싶어 하는 경우가 많습니다. 그런데 뭔가 깨끗하지 않게 부를 축적한 사람들이 명예와 권력을 쥐려고 하면 이때부터 문제가 생깁니다. 명예와 권력이 따르는 자리에 오르려면 그에 걸맞은 '도덕성'을 사회가 요구하니까요. 물론 이 부분에서 냉소하실 수 있겠습니다. 맞습니다. 현실은 다르니까요. 매우 부정하게 부를 축적한 사람들이 명예와 권력도 상당 부분 쥐고 있죠. 그것도 뻔뻔하고 당당하게 그렇지 않은 척하면서 말이죠.

뭐 현실이 그렇긴 하지만, 그래도 아주 조금씩은 사회가 이전보다 깨끗해지고 있다고 생각하면서 위안을 삼아 봅니다. 그런 희망마저 없다면 정말 우울한 일이니까요. 여기서는 자격이 안 되면서 돈과 명예(혹은 권력)를 다 가지려고 하지 말라는 취지의 논술문을 한번 써 보겠습니다.

[논술문 3] "더 높게 날아오를 수 있지만 그렇게 하지 않는 거죠. 착지가 중요하니까요."

지난해 런던 올림픽 체조 뜀틀에서 한국 역사상 첫 금메달을 딴 양학선 선수(21·한국체대). 필자의 한 지인이 얼마 전 행사장에서 만난 양 선수에게 "더 높이 뛸 수도 있느냐"라고 묻자 그는 이렇게 답했다고 한다. "더 높이 뛸 수도 있고 지금보다 더 어려운 기술도 선보일 수 있습니다. 하지만 공식 대회에선 아직 시도하지 않았죠. 완벽하지 않은데 무리하면 공중에서 내려올 때 착지가 흐트러져 낭패를 볼 수 있거든요." 이 말을 들은 지인은 "양 선수가 나이답지 않게 성숙하다는 느낌을 받았다"라고 했다. 더 잘하려 하고 더 많이 가지려는 게 인간의 본성인데, 어린 나이에도 무리하면 역효과가 온다는 사실을 깨달은 사람처럼 보였다는 것이다.

또 다른 사례. 몇 년 전 필자는 동시에 할 수 없는 두 가지 일을 두고 어떻게 해야 하나 고민에 빠진 적이 있다. 당시 주변의 친한 몇몇에게 고민을 털어놓고 조언을 구하기도 했다. 그때 한 사람의 조언이 마음에 와닿았다. "사다리를 타고 올라가는 중간에 양손으로 사다리를 잡고 있으면 어떻게 되겠어? 한 손을 놓아야 위로 올라갈 수 있는 거야."

앞서 언급한 두 이야기가 주는 교훈은 '욕심을 버려라'라는 것이다. 실제로 인간의 욕심은 끝이 없다. 99억 원을 가진 부자가 100억 원을 채우려고 1억 원 가진 사람의 돈을 빼앗으려 한다는 말도 그래서 나왔다. 사회적으로 높은 지위에 오르고 싶어 하는 명예욕도 돈이나 물건에 대한 욕심 못지않게 강하다. 사람들은 보통 성공한 남자의 조건으로 돈, 사랑, 명예를 꼽는다. 이 가운데 성공한 남자가 끝까지 놓지 않으려고 하는 게 명예라고 한다. 모두가 부러워하는 사회적으로 영향력 있는 자리의 매력은 그만큼 쉽게 뿌리치기 어려운 모양이다.

한만수 전 공정거래위원장 후보자와 김병관 전 국방장관 후보자, 김학의 전 법무차관 등 박근혜 정부 장차관급 인사들이 불미스러운 의혹의 중심에 서 있다가 잇따라 사퇴한 것도 욕심이 불씨였다는 이야기가 나온다. 명예가 눈앞에서 손짓하더라도 욕심을 내기 전에 먼저 자신을 돌아봤어야 했다. 명예로운 자리에 오를 만큼 철저하게 자신을 관리하며 살았는가? 그렇지 않은데도 기회를 덥석 잡으면 그건 불행의 씨앗이 된다.

양학선 선수의 말에 빗대 보자. 명예를 좇아 준비도 없이 높이만 올라가려다 한순간에 땅으로 떨어진 셈이다. 높이 올라가는 것보다 더 중요한 것이 얼마나 안전하고 '멋있게' 내려오느냐 하는 것인데도 말이다. 지나친 욕심은 평생 높은 곳을 바라보며 그 문턱까지 다가간 이들의 찬란했던 인생을 한순간에 망가뜨려 버릴 수 있다. 그래서 명예와 욕심은 공존할 수 없다. 명예와 돈도 대부분 그렇다. 양손에 떡을 쥐고 아무것도 할 수 없다고 울지 마라. 떡 하나를 먼저 내려놓아야 한다.

이상록, "기자의 눈: 양손에 쥔 떡", ≪동아일보≫, 2013.3.27

제가 기자 시절 썼던 칼럼입니다. 이 칼럼에서 전달하고자 하는 핵심 메시지는 소크라테스가 말했던 "너 자신을 알라"입니다. 자기 자신이 명예로운 자리에 오를 만한 자격이 있는지 누구보다 잘 알 것인데, 그런

자격이 없다는 것을 알면서도 그 명예를 붙잡으려고 하면 그건 욕심이고 결국 화를 부른다는 것이죠. 양손에 떡을 쥐고 세 번째 떡을 쥘 수 없다고 울어 봐야 소용이 없다는 얘기입니다. 양학선 선수의 사례, 기자 시절 제 고민에 대해 상담해 준 지인의 사례를 제시해 독자의 관심과 공감을 이끌어 내는 시도를 하고 있습니다. 중간에 인간의 욕심이 얼마나 크고 무리한지 언급하고 나서 2013년 당시 인사청문회에서 낙마한 장차관급 인사들의 사례를 제시하며 '욕심을 버려라'고 말하고 있습니다. 좀 호소력 있는 논설문으로 보이시는지요? 판단은 각자의 몫입니다. 하하.

실전 연습 3 작문

작문은 글쓰기 기술의 종합판입니다. 2장에서 언급한, 글을 잘 쓰기 위해 필요한 기술과 3장에서 지금까지 함께 살펴본 요약, 논술 기술을 모두 적절하게 발휘해야 좋은 작문이 가능하죠. 소설과 수필, 에세이, 드라마 각본이나 영화 시나리오 같은 글쓰기가 모두 작문에 해당합니다. 연설문, 발표문 등의 글도 그렇죠. 작문은 그동안 갈고닦은 모든 글쓰기 기술을 한데 모은 글쓰기라고 할 수 있습니다. 작문에서 중요한 건 결국 '이야기 풀어내기'인데, 요새 흔히 쓰는 말로 '스토리텔링'을 어떻게 하느냐가 핵심입니다. 하루에도 수없이 많은 소설과 에세이가 서점에 등장하지만 독자의 선택을 받는 책은 극소수에 불과합니다. 왜일까요?

사람들은 대부분 자신과 관계없는 일에는 무관심합니다. 그런데 소설이나 에세이는 대부분 독자와 관계없는 '이야기'죠. 오히려 글쓴이, 그러니까 작가가 경험한 내용을 썼거나 작가의 경험을 바탕으로 지어낸 이야기, 아니면 작가의 상상력으로 만들어 낸 이야기들, 그러니까 작문입니다. 그럼 어떤 책이 독자의 선택을 받을까요? 제가 알고 지내는 한 유명 소설가는 이렇게 얘기합니다.

독자에게 관심을 끄는 소설이나 에세이는 대부분 독자가 그 소설이나 에세이에 등장하는 주인공과 그 주인공이 겪는 이야기에 공감할 수 있는 내용들이에요. 사람들은 자신과 관련 없는 일에는 대부분 매우 냉정합니다. 그런데 자기 이야기가 아닌 소설 속 주인공이 겪는 어려움과 아픔에 함께 공감하고 주인공이 기뻐할 때 함께 미소 짓는 이유는 뭘까요? 그 이야기에 독자가 자신을 대입해 몰입하고 공감했다는 뜻입니다. 결국 독자들이 얼마나 작가가 풀어놓은 이야기보따리를 '먼 나라 이야기'가 아닌 자신을 대입해 볼 만한 이야기로 느끼고 실제로 그렇게 자신을 대입해 공감하고 몰입하느냐가 소설이나 에세이의 성패를 좌우한다고 할 수 있습니다.

그러니까 작문의 핵심은 '독자가 몰입하고 공감할 수 있는 이야기보따리를 얼마나 효과적으로 풀어놓느냐'에 있다고 할 수 있습니다. 작문을 할 때 다양한 사례와 글쓰기 기술, 흥미진진한 이야기의 구성 등이 필요한 것도 이 때문이겠죠. 여기서는 제가 쓴 몇 개의 짧은 에세이(혹은 소설일 수도 있습니다)를 사례로 작문 기법을 설명해 보겠습니다.

[The Road Not Taken]

미국 시인 로버트 프로스트(Robert Frost, 1874~1963)가 쓴 시 「가지 않은 길(The Road Not Taken)」은 깊은 울림이 있는 글이다. 적어도 내 겐 그렇다. 이 시가 대중적으로 인기를 얻고 많이 알려진 건 그만큼 많은 사람이 공감하기 때문일 거다. 글이든 영화든 드라마든 노래든, 결국 사람의 마음을 움직이려면 '공감'을 이끌어 내야 한다. 프로스트 의 '가지 않은 길'이 대중적 공감을 넘어 100년이 더 지난 지금까지도 세계적인 명시의 하나로 꼽히는 것은 살아가면서 누구나 겪어야 하는 선택의 순간, 그리고 그 선택에 대한 온전한 책임을 잘 그려 냈기 때 문이 아닐까. 이 시의 마지막 부분이 나는 특히 좋다.

먼 훗날 어딘가에서
난 한숨을 쉬며 말하겠죠
숲속에 두 갈래 길이 있었고, 나는……
나는 다른 사람들이 잘 가지 않는 길을 선택했다고,
그리고 그 선택이 모든 것을 바꾸었다고.

I shall be telling this with a sigh

Somewhere ages and ages hence

Two roads diverged in a wood, and I-

I took the one less traveled by,

And that has made all the difference.

인생의 모든 순간은 크고 작은 선택의 연속이다. 그리고 그 선택에 따른 결과는 온전히 선택한 자신이 책임져야 할 몫이다. 잘한 선택에 대한 안도와 기쁨도, 아쉽거나 잘못한 선택에 대한 고통도 말이다.

내가 이 시를 좋아하게 된 건 진수(가명) 형 때문이다. 한껏 부풀어 있던 대학 신입생 시절, 고등학교 동문회 신입생 환영회에서 형을 처음 만났다. 그는 나보다 1년 선배다. 같은 신입생이었지만 진수 형은 재수를 했고 나는 바로 진학했다. 진수 형은 좀 별난 법대생이었다. 법대 동기와 선후배들이 학교 도서관에서 전공 서적과 법전을 쌓아 놓고 판검사의 꿈을 향해 돌진하고 있을 때, 형은 중앙도서관 앞 잔디밭이나 한적한 벤치에 앉아 소설이나 시를 읽는 걸 즐겼다. 때로는 자신이 직접 쓴 글을 보여 주기도 했다. 많이 읽고 생각한 만큼 그는 깊고 넓었다. 대학 시절 나의 크고 작은 고민들을 진심으로 들어 주고 조언해 주고 또 같이 걱정해 준 사람이다. 때로는 도서관 앞에서 자판기 커피를 마시며, 어떤 때는 쓴 소주에 빈약한 안주를 놓고 그렇게 서로의 고민을 털어놓았다.

그렇다고 진수 형이 사법고시 준비를 하지 않았던 건 아니다. 진수 형은 온 가족의 기대와 꿈을 짊어진 아들이었다. 그리 넉넉하지 않은 형편, 크게 내세울 것도 많지 않던 집에서 혜성처럼 등장한 명문대 법대생. 그게 형이었다. 우리가 만나고 한참 뒤에야 안 사실이지만 형은 '처음부터 법대에 오고 싶지도, 법조인이 되고 싶은 생각도 없었다'고 했다. '문학을 전공하고 글을 쓰는 일을 하고 싶었다'고 했다. 하지만 집안의 기대를 저버릴 순 없었다. 그래서 재수 끝에 부모님이 바라던 학교의 법학과에 합격했고, 정해진 길을 향해 내달렸다. 아니 그래야 했다. 도서관으로 돌아서는 형의 뒷모습이 항상 쓸쓸해 보였던 건 그래서일까.

시간이 흘렀다. 난 대학을 졸업하고, 군대에 다녀온 뒤 사회로 나왔다. 내가 발 디딘 분야는 그야말로 전쟁터였다. 하루하루 피 말리는 경쟁을 피할 수 없는 급박한 시간들이 속절없이 이어졌다. 밤낮도 휴일도 없었다. 다른 생각을 할 여유도, 시간도, 아무것도 내겐 없었다. 그동안에도 진수 형은 계속 사법고시를 준비했다. 하지만 합격 소식은 들려오지 않았다. 시험을 보고, 합격자 발표가 나오면 위로주를 마시기를 반복했다. 그러다 무뎌졌다. 시험에, 발표에, 위로주에, 그리고 우리의 만남까지. 그리고 얼마나 지났을까. 메일함에 형이 보낸 한 통의 편지가 도착했다. 메일의 제목은 '길'이었다.

제목: 길

온전히 낯선 길로 가 보고 싶었다.

해장국과 갈비탕을 먹지 않아도 되는 곳으로 가고 싶었다.

이 길을 따라가면 안동이 나오고, 해남이 나오고, 발길을 돌리면 서울로 돌아간다는 것을 모조리 외고 있는 그런 길이 아니라, 아무것도 알지 못하는 그런 길로 가고 싶었다.

어머니 아버지께서 옳다고 믿으시는 길, 서른 살까지의 내가 당연히 가야만 한다고 믿었던 길에서는 갈 수 없던 길이었다.

한 치 앞의 미래도 예상할 수 없는 삶.

그런 삶을 찾아야 비로소 온전히 낯선 길로 떠날 수 있었다.

시계 제로(0)의 삶. 시계 제로의 길.

삶이 곧 길이고, 길이 곧 삶이다.

지독히 낯익은 말이었지만, 그 말이 진실임을 깨닫기까지는 또 꽤 많은 시간이 필요했다.

정해진 길로 가지 않는 삶.

길이 풀어지는 대로 함께 풀려 가고, 길이 막히면 다시 돌아 나오되 투덜대지 않는 삶.

그런 삶을 선택하는 데는 지독한 용기가 필요하지 않았느냐고?

글쎄, 잘 모르겠다.

그저 어느 날 갑자기 시계 제로의 길이 내 앞에 불쑥 다가왔었고, 나는 그냥 한 발 한 발 앞으로 가는 수밖에 없었다고 얘기해야 올바른 대답이 될 것이다.

거창하게 용기니 운명이니 떠벌릴 일은 분명히 아니다.

길이 어디로 나를 데려갈지 몰랐다.

안개가 너무 짙었고, 구름이 너무 두꺼웠기 때문에.

그 길에서 내 삶이 어떻게 모습을 드러낼지 아무것도 알지 못했다.

그 짙은 안개와 구름 속에 어떤 길들이 어떤 방향으로 흩어져 있을지 볼 수 없었기 때문이다.

길에 대한 미련을 모두 버리고 그 자리에 동그마니 웅크려 살 수도 있었다.

그것 또한 삶의 한 가지 길이었을 것이다.

어쩌다 보니 안개 속으로, 구름 속으로 발을 내딛고 말았다.

그래서 아주 많은 길을 흘러 다니고 떠다니게 되었다.

잘한 일이었는가?

잘한 일이었다고 생각한다.

보이지 않아도 길들은 어디에나 있었으니까.

그 길들은 내가 밟아 주기를 기다리고 있었으니까.

길들이 내게 데려다 준 풍경들, 그리고 사람들.

인생이 그렇듯 길도 때로 행복했고 때로 쓸쓸했다.

행복했던 시간들이 많았는지, 아니면 쓸쓸했던 시간이 더 많았는지 계산할 능력은 나에게 아직 없다.

아직 더 살아야 하니까.

그리고 아직 더 많은 길이 남아 있을 테니까.

그런데 이상하다.

지나온 길을 더듬으면 자꾸 발목이 서늘해진다.

발목에 바람이 분다.

시간이 흐른 것이다.

어쩌면 너무 많은 길을 다닌 것인지도 모른다.……

　　나는 프로스트의 시「가지 않은 길」을 좋아한다. 그리고 진수 형은
법조인이 아닌 다른 삶을 살고 있다.

　　이 글은 로버트 프로스트의 시「가지 않은 길」을 매개로 작가의 사
연을 풀어놓는 방식으로 이야기를 전개하고 있습니다. 작가인 '나'와 '진
수 형'의 관계와 변화, 진수 형의 사연이라는 사례가 글 전체를 관통하는
이야기로 나오고, 작가가「가지 않은 길」이라는 시를 좋아하게 된 이유
와 사연이 등장합니다. 이 글에 등장하는「가지 않은 길」이라는 시는 대
중적으로 널리 알려진 시죠. 특히 글의 앞부분에 등장하는 이 시의 마지
막 부분(먼 훗날 어딘가에서/ 난 한숨을 쉬며 말하겠죠/ 숲속에 두 갈래 길
이 있었고, 나는……/ 나는 다른 사람들이 잘 가지 않는 길을 선택했다고,/
그리고 그 선택이 모든 것을 바꾸었다고)은 여러 곳에서 자주 인용하는 구
절이기도 합니다.「가지 않은 길」이 인기를 얻은 이유는 누구든 이 시의
내용에 자신의 삶이나 선택을 대입해 볼 수 있기 때문이 아닐까요. 실제
작문에서 작가가 "인생의 모든 순간은 크고 작은 선택의 연속이다. 그리
고 그 선택에 따른 결과는 온전히 선택한 자신이 책임져야 할 몫이다.

잘한 선택에 대한 안도와 기쁨도, 아쉽거나 잘못한 선택에 대한 고통도 말이다"라고 언급한 것 역시 '그렇지 않다'라고 반박할 사람은 없어 보입니다. 그만큼 독자와의 '공감'에 초점을 두고 쓴 내용이라고 할 수 있죠.

이 글은 부모님의 기대에 맞춰 명문대 법대에 진학했지만 적성에 맞지 않아 고민하던 진수 형이 오랜 고민과 좌절, 후회 끝에 스스로 다른 선택을 하기로 결정하면서 「가지 않은 길」을 토대로 자신의 상황에 빗대어 쓴 「길」이라는 시를 작가에게 보내면서 끝을 맺습니다. '가지 않은 길'과 '길'은 같은 듯 다른 묘한 호응을 이루고 있죠. 글 전반적으로 강조나 수식을 위한 형용사와 부사는 거의 나오지 않습니다. 문장도 대부분 짧고요. 그렇다고 작가가 전하려는 감정이나 내용이 크게 줄지는 않습니다. 오히려 객관적이고 단순한 문장들이 주는 울림이 있다고 저는 생각합니다. 하하.

작문은 사실 쓰는 사람마다 크게 다를 수밖에 없습니다. 어떤 사람은 묘사를 좋아하고, 또 어떤 사람은 담백한 글쓰기를 좋아할 수 있습니다. 누구는 사례를 들어 메시지를 전하려 할 것이고, 또 다른 누구는 독백이나 생각, 대화 형식을 빌려 목표를 이루려고 할 수 있습니다. 작문이 글쓰기의 종합판이고 최고급 레벨이라고 몇 차례 언급한 것도 이 때문입니다. 글쓰기의 기본 기술부터 요약, 논술 등의 기술까지 탄탄하게 익히고, 다양한 작가의 글을 꾸준히 읽고 배우고 나서 결국 자신만의 방식, 좋아하는 기술을 중심으로 스토리텔링을 하는 게 중요합니다. 물론 어떤 방식이 나에게 맞는지, 어떤 것이 내가 잘할 수 있는 기술과 형식인지 제대로 파악하는 것이 우선이겠지만요. 뭐, 그래서 작문에 왕도는 없고 정해진 길도 없습니다. 글쓴이 각자가 자신만의 작문 스타일을 만들어 나가는 것이죠. 하루하루 끊임없이 연구하고 갈고닦으면서 말입니다. 그럼 다음 글로 가 볼까요?

[조던]

"힘내고 웃어라 조던. 이방인의 뫼르소와 보헤미안 랩소디의 퀸처럼. 넌 매력적인 놈이야."

왼쪽 손목에 찬 스마트 워치의 진동과 함께 한 통의 문자 메시지가 도착했다. 문자를 읽던 내 입가에 슬며시 미소가 번졌다. 진혁(가명)이었다. 이번엔 6개월 만인가. 일에 치이고 먹고살기 바쁘다는 군색한 핑계로 하루하루를 보내다가 가끔 진혁이의 '뜬금없는' 문자가 오는 날이면 언제나처럼 반사적인 죄책감에 빠진다. 이번엔 내가 먼저 연락했어야 했는데……. 나는 항상 배려심이 부족한가 보다.

'그나저나 뫼르소는 뭐고, 퀸은 또 뭐야. 이놈은 항상 이런 식이야. 퀸이야 어렸을 때부터 좋아했으니까 알겠는데, 좀 창피한 이야기지만 뫼르소는 잘 모르겠어. 소설 이방인의 주인공인가 보군.'

트레드밀에서 내려와 물 한 잔 마시고는 스마트폰으로 소설 이방인을 검색했다. "…… 프랑스 소설가 알베르 카뮈의 첫 번째 소설(1942년 5월 출간)로 죽음에 관한 다양한 이야기를 다룬 고전 명작이다.

이 작품에서 주인공 뫼르소는 어머니의 사망을 전하는 전보를 받은 뒤 장례를 치르고, 사람을 죽이고, 재판을 거쳐 사형을 선고받는다. 소설의 첫 문장은 '오늘 엄마는 죽었다. 아니 어쩌면 어제였을지도 모른다'로 시작한다……" 그럼 보헤미안 랩소디는? 이 노래는 "엄마, 방금 한 남자를 죽였어요. 머리에 총을 대고 방아쇠를 당겨서 그가 죽었어요(Mama, just killed a man. Put a gun against his head, pulled my trigger, now he's dead)"로 시작한다. 영화 〈보헤미안 랩소디〉가 큰 흥행을 거두면서 원래도 유명했던 이 노래를 이제 모르는 사람이 별로 없을 듯하지만, 퍼즐을 맞추려면 설명이 필요하지 않을까 싶었다. 진혁이의 문자를 내 나름대로 해석해 다시 써 봤다.

'힘내고 웃어라 조던. 너보다 더 힘들고 어려운 상황에 있던 사람들도 웃음을 잃지 않았단다. 넌 매력적인 놈이야.'

진혁이와 나는 중학교 때 만나 고등학교, 대학교까지 같이 간 수십 년 지기다. 중학교 때 진혁이는 공부도 잘하고 운동도 잘하는 아이였다. 항상 전교에서 손에 꼽히는 상위권 등수를 유지했고, 고등학교 때도 그랬다. 그는 특히 농구를 잘했는데, 상대 팀의 촘촘한 수비를 휘젓고 날아올라 레이업 슛이나 점프 슛을 할 때면 마치 '에어 조던'을 보는 듯한 착각이 들기도 했다. 당시 나는 농구도 공부도 진혁이만큼 잘하고 싶었지만 조금씩 부족해서 그를 부러워하는 아이였다. 중고등학교 시절을 같이 보냈지만 우리가 정작 서로에게 속을 터놓는 '진짜 친구'가 된 건 대학생이 된 뒤였다. 대학에 가서 우리는 본격적으로 '농구'를 했다. 공부가 아닌 농구를. 대학 시절 나는 체육교육과 학생일 거라는 오해를 받을 정도로 농구에 몰두했다. 마치 마이클 조던이 될 수 있을 것처럼. 진혁이와 나, 그리고 함께 같은 대학으로 진학한 고등학교 친구들까지 우리는 거의 매일 학교 농구장에서 운동을 하고, 같이 밥을 먹고, 술을 마셨다. 주말이면 나는 진혁이와 따로 동네에서 만나 그의 농구 비법을 전수받았다. 오른손잡이인 내가 왼손 레이업이나 수비를 따돌리는 드리블 기술 등을 마스터한 것도 이때다. 순수하게 농구가 정말 좋았고, 그래서 더 잘하고 싶었다. 이제는 그때처럼 자주 농구를 할 시간도, 친구도, 체력도 없지만 가끔 동네 공원에서 혼자 농구공을 튕길 때면 그때의 열정이 어렴풋이 느껴지기도 한다.

사실 진혁이는 여러모로 특이한 놈이었다. 처음 만날 때부터 지금까지 변함없이 그렇다. 말수가 적고, 사교성도 없다. 사실 사회성도 좀 떨어진다는 느낌이 든다. 그래서 그를 처음 대하는 사람은 대부분 함께 있는 시간을 어색해하거나 불편해한다. 친구들과 모인 자리에서도 온다 간다 말도 없이 갑자기 사라질 때도 적지 않았다. 고등학교 때 한번은 약속도 없이 담을 넘어 우리 집에 갑자기 들어와 현관문을 열고 나를 찾아서 우리 누나가 기겁을 한 적도 있다. 하지만 한 꺼풀만 안으로 들어가 보면 진혁이만큼 속이 깊고 배려심이 많은 놈도 흔치 않다. 요새 유행하는 말로 '츤데레' 스타일이라고 할까. 그 진심을 알아차리는 게 쉽지 않은 게 문제이긴 하지만. 진혁이가 가진 그늘은 항상 그에게 부담이었던 가정 환경과 무관치 않다. 중고등학교 때 점심시간이면 친구들보다 먼저 운동장에 나가 농구공을 던지던 그를 기억한다. 땀 흘리고 나서 함께 들이켜던 수돗물이 진혁이의 점심이었다는 걸 알아챈 건 한참이 지나서였다. 진혁이는 대학교 2학년 때 학교를 자퇴하고 다시 대학 입학시험을 치러 전액 장학금을 주는 다른 대학으로 떠났다. 하지만 그 뒤에도 서로 힘들거나 고민이 있을 때면 우린 서로 마주 앉았다. 몇 달 만일 때도 있었고, 몇 년 만일 때도 있었지만 어색함은 없었다.

"야, 너 지금처럼 열심히 농구하면 진짜 에어 조던 되겠다."

내가 그에게서 매일같이 농구 비법을 전수받던 그 어느 날, 동네 뒷산 약수터 옆 작은 농구장에서 진혁이가 던진 농담 한마디를 아직도 기억한다. 황금빛 봄 햇살을 맞으며 함께 땀 흘렸던 그날을. 다음엔 꼭 내가 먼저 진혁이에게 안부 문자를 해야겠다. 진혁아, 뫼르소랑 퀸처럼 웃으며 살고 있니? 농구 한번 하러 가자.

두 번째 글 '조던'은 글쓴이와 친구 진혁이의 이야기를 담담하게 써내려간 작문입니다. 진혁이가 글쓴이에게 보낸 뜬금없는(?) 문자 한 통을 계기로 둘 사이의 관계와 살아온 이야기 등을 담았습니다. 이 글의 앞쪽에 「이방인」과 「보헤미안 랩소디」에 대한 설명이 나오는데, 여기서는 독자들에게 관련 정보를 주면서 내용을 요약하는 기법을 쓰고 있습니다. 「이방인」과 「보헤미안 랩소디」에 대한 설명은 진혁이가 작가에게 보낸 문자 메시지("힘내고 웃어라 조던. 이방인의 뫼르소와 보헤미안 랩소디의 퀸처럼. 넌 매력적인 놈이야")를 이해하기 위해 꼭 필요한 내용이기도 합니다. 이어서 글쓴이와 작가가 '농구'로 이어진 인연과 작가가 본 친구 진혁이의 이야기가 이어집니다. 역시 대부분 짧은 문장이 이어집니다. 과도한 수식어는 찾아볼 수 없고요. 이것 역시 글쓴이에 따라 스타일이 조금씩 다를 수 있습니다만, 일반적으로 너무 긴 문장이나 수식어가 많은 문장은 독자들의 몰입을 방해하는 경우가 많습니다.

그렇다면 이 글의 공감 포인트는 어디에 있을까요? 독자들이 이 글에 관심을 갖는다면 두 가지 포인트가 있을 듯합니다. 하나는 순수한 어린 시절 만난 두 친구, 글쓴이와 친구 진혁이의 우정일 겁니다. 누구에게나 그런 친구가 한두 명쯤 있을 테니까요. 독자들도 이 글을 읽으면서 '나에게 진혁이는 누굴까?'라고 다시 한번 기억을 더듬어 보는 계기가 될 수 있습니다. 또 하나의 포인트는 '이방인의 뫼르소'와 '보헤미안 랩소디의 퀸'입니다. 이 내용에 관심이 있는 사람들이라면 진혁이의 문자에 나오는 뫼르소와 퀸이 무슨 뜻인지 한 번 더 관심을 갖고 살펴볼 수 있을 테니까요. 여러 차례 얘기한 것처럼 결국 작문의 힘은 어떻게 독자의 관심과 공감, 한 발 더 나아가서 독자를 몰입하게 할 수 있느냐에 있습니다. 그리고 그 기술은 글쓴이 각자가 개발하고 연마해야 하는 무기겠죠. 다음 글로 가 보겠습니다.

[단잠을 꿈꾸는 새벽]

"어제 많이 피곤했나 보네. 무슨 일 있었니?"

"아니에요, 형. 괜찮아요. 죄송해요."

민수(가명)가 멋쩍은 듯 웃으며 뒷머리를 긁적였다. 얼마 전 민수와 만나 점심을 먹고 카페에서 차를 마시며 이런저런 이야기를 하던 참 이었는데 민수의 눈꺼풀이 자꾸만 아래로 내려갔다. 뭔가 피곤한 일 이 있었나 싶어 물었는데 예상치 못한 대답이 돌아왔다.

"사실은 얼마 전부터 저녁 때 아르바이트를 좀 하고 있는데 생각보 다 만만치 않네요. 역시 세상에 공짜는 없나 봐요. 하하."

민수는 양말이나 스타킹, 모자, 허리띠, 머리핀 등을 파는 작은 액 세서리 가게를 한다. 우리나라 취업자 네 명 가운데 1명(25.5%)이 종 사한다는 직업, 바로 자영업자다. 경제협력개발기구(OECD) 37개 회 원국 가운데 한국보다 자영업자 비율이 높은 나라는 콜롬비아, 그리 스, 터키, 멕시코, 칠레뿐이라고 한다.

"아이가 유치원 다니기 시작하고 또 커 가니까 씀씀이가 계속 커져 서요. 전체적으로 국내 경기도 안 좋으니까 가게 벌이도 시원치 않고 요. 아는 친구가 새벽 배송 아르바이트가 잘만 하면 꽤 쏠쏠하다고 해 서 저도 2주 전부터 밤에 일하고 있어요."

새벽 배송은 말 그대로 새벽에 물품을 배송하는 일이다. 보통 전날 밤 11시까지 주문받은 물품을 다음 날 아침 7시 이전까지 배송한다고 한다. 일반 물품도 있지만 야채나 생선, 고기 같은 신선 식품 배달이 큰 비중을 차지한다고 민수는 말했다. 그리고 보니 유명 여배우가 모 델로 나와 늦은 밤에 주문한 신선식품이 이른 아침에 문 앞에 도착해 있는 걸 보고 기뻐하는 광고를 본 기억이 난다. 이 회사는 새벽 배송이라는 콘셉트를 앞세워 유통업계에 뛰어들었는데 불과 3, 4년 사이에 큰 인기를 얻으며 급성장했다. 사업을 시작한 첫해 30억 원이던 매출이 지난해 1,800억 원으로 60배가 됐다고 하니 '폭발적 인기'라고 할 만하다. 상황이 이렇다 보니 기존의 대형 유통회사들은 물론 배송업체들까지 앞다투어 새벽 배송 시장에 뛰어들어 피 말리는 경쟁을 벌이고 있다고 한다. 신선 식품 유통은 이제 새벽 배송이 가장 큰 시장이라는 얘기까지 나온다고 했다.

"근데요, 형. 이게 해 보니까 힘은 힘대로 들고 돈은 별로 안 되더라고요. 보통 밤 12시 넘어서부터 물건을 싣기 시작해서 배달을 다 마치려면 6시간 남짓 돌아다녀야 하는데 하루에 3만 원 벌기도 힘들어요. 게다가 제 차로 배달하는 거라 기름값까지 빼면 버는 돈은 더 줄어들죠. 혹시나 사고라도 나면 완전히 망하는 거고요. 베테랑들은 하루에 5만~6만 원씩 번다는데 그게 어떻게 가능한지 모르겠어요."

그나마도 새벽 배송 아르바이트를 하려는 사람이 너무 많아서 배송 단가는 계속 내려가고 있다고 민수는 말했다. 보통 SNS 단체 대화방이나 스마트폰 앱을 통해서 그날그날 아르바이트를 모집해 배송 물품을 나눠 주는데 불과 몇 달 전에 2,000~3,000원이던 건당 단가가 지금은 1,000원 이하로 떨어지는 경우도 많다고 한다. 그만큼 경쟁이 치열하다 보니 매일 밤 일이 주어지는 것도 아니어서 마치 복권 당첨을 기다리듯 스마트폰만 바라보고 있다가 허탕 치는 날도 적지 않다고 민수는 덧붙였다.

"야, 얼른 들어가서 잠깐이라도 눈 좀 붙여라. 그렇게 잠도 안 자고 어떻게 버티겠니. 새벽에 운전할 때 조심하고."

"네, 형. 간만에 만났는데 죄송해요. 가게 들어가서 좀 졸아야겠어요."

밤을 꼬박 새워야 하는 일인데도 그렇게 많은 사람이 지원한다는 건 그만큼 우리네 살림살이가 팍팍하다는 증거일 것이다. 하지만 그보다 더 근본적인 물음이 그날 오후 내내 머리에서 떠나지 않았다. 정말 늦은 밤에 주문해서 이른 아침에 받아야만 하는 시급한 물품이란 게 있을까. 누군가가 느낄 작은 편리함을 위해 또 다른 누군가는 동물의 가장 기본적인 욕구인 잠자기를 포기하는 게 맞는 걸까. 자본주의 사회에서 정당한 대가를 치르고 그에 맞는 서비스를 누리는 게 뭐가 문제냐, 누가 강제로 새벽 배송 일을 하라고 했느냐고 누군가는 되물을 수도 있겠다. 하지만 아무리 자본주의와 돈이 많은 걸 지배하는 사회라고 해도 지켜야 할 선은 있어야 하지 않을까. 그 어떤 편리함이나 욕구도 다른 사람의 단잠과 맞바꿀 만큼의 가치는 없다고 나는 생각한다.

"야, 민수야. 인마. 몸 상하고 위험하니까 그거 말고 다른 아르바이트 찾아봐라. 아니면 가게 매출 올릴 방법을 더 연구해 보든지."

조만간 민수에게 전화해서 '대책 없는' 조언을 해 볼까 한다. 그에게 핀잔 들을 각오로 말이다.

세 번째 글 「단잠을 꿈꾸는 새벽」은 다분히 사회적 메시지를 담고 있습니다. 이 글에서 전하려는 메시지는 명확합니다. 글 속에 있는 한두 문장으로 표현해 볼까요? 여러분도 한번 골라 볼까요? 저는 이 문장들을 골랐습니다.

정말 늦은 밤에 주문해서 이른 아침에 받아야만 하는 시급한 물품 이란 게 있을까. 누군가가 느낄 작은 편리함을 위해 또 다른 누군가는 동물의 가장 기본적인 욕구인 잠자기를 포기하는 게 맞는 걸까.……그 어떤 편리함이나 욕구도 다른 사람의 단잠과 맞바꿀 만큼의 가치 는 없다고 나는 생각한다.

이 메시지를 전달하기 위해 작가는 후배 민수와 만난 이야기를 사례 로 내세우고 있습니다. 새벽 배송 시장이 왜, 어떻게, 얼마나 커지고 있 는지, 거기서 조금이라도 돈을 벌기 위해 뛰어든 '플랫폼 노동자'의 현실 이 어떤지를 적절한 통계와 수치를 들어 설명하고 있습니다. 수요와 공 급, 기업의 이윤 추구가 아주 자연스러운 자본주의 사회에서 이런 원칙 에 따라 움직이는 톱니바퀴를 부정하거나 비난할 수는 없습니다. 하지 만 그 굴레 속에 자신의 건강과 목숨을 담보로 뛰어들 수밖에 없는 서민 들의 현실을 작가는 씁쓸한 표정으로 지적하고 있죠. 글에 쓴 표현을 빌 리자면 '대책 없이' 말이죠. 이 글도 역시 사례를 앞세워 특정한 사회 문 제를 다루는 방식을 선택하고 있습니다. 독자들이 공감할 수 있는 사례 만큼 효과적인 게 없기 때문이죠. 전달할 주요 정보를 요약해 제시하면서 플랫폼 노동자 문제가 전 사회적인 문제라는 점을 강조하고, 마지막 문단에서는 갈수록 커지는 새벽 배송 시장이 과연 적절한지 의문을 제기합니다. 일종의 논술이죠. 작문은 이렇게 여러 가지 글쓰기 기법이 모두 등장합니다. 언제, 어디에, 어떻게 그 기술을 잘 활용하느냐가 관건이죠. 네 번째 글로 가 봅니다.

[검은 고양이 네로]

"그날 저녁에 네로를 껴안은 채 울어 버렸지 뭐야. 내가 이렇게 될 줄은 나도 몰랐어."

형식(가명)이가 멋쩍은 듯 웃었다. 그러면서도 그때가 다시 떠오른 듯 눈시울이 잠시 붉어지는 듯했다. 이 녀석에게 이런 감성이 있을 줄이야. 미처 몰랐다. 형식이는 우리 친구들 사이에서도 말 없고 무뚝뚝하기로 둘째 가라면 서러워할 놈이었다. 남자 친구들에겐 말할 것도 없고, 좋아하는 이성에게도 별반 다르지 않았다. 누군가 감동적인 영화나 책을 보고 눈물이라도 지으면 형식이는 이해할 수 없다는 듯 고개를 갸우뚱거리곤 했다. 난 아무리 울먹이려고 해도 그게 잘 안 돼. 감정 결핍인가 봐. 그래서 형식이가 주변에 결혼 소식을 알렸을 때 친구들이 "그 돌부처 같은 놈이 결혼을?"이라며 탄성을 지른 건 그다지 놀랄 만한 일이 아니었다. 그래서 그가 얼마 전 내게 들려준 이야기는 비현실적인 한 편의 '동화'처럼 느껴졌다.

"지난해 10월 말이었어. 날씨가 막 쌀쌀해질 때였는데 마침 전날엔 비까지 와서 더 춥게 느껴졌지. 퇴근하고 저녁에 집에 돌아왔는데 거실에 웬 박스가 하나 놓여 있는 거야. 들여다봤더니 눈도 제대로 못 뜬 검은 고양이 한 마리가 꼬물거리고 있더라고."

"야, 근데 너 고양이나 개털 알레르기 엄청 심하잖아?"

"맞아. 장난 아니지. 그날도 박스 들여다보는 순간부터 기침에 콧물에 난리였어. 뭐, 그리고 너도 알다시피 어렸을 때부터 내가 동물을 좋아하는 편도 아니었고."

전날 밤 아파트 놀이터에 아기 고양이가 홀로 버려진 것을 발견했다고 한다. 동네 아이들이 종이박스에 넣어 놓고 나뭇가지로 건드리며 구경 반, 장난 반 하고 있던 걸 마침 그 옆을 지나던 동네 '캣맘'이 구조했다. 그녀는 아기 고양이를 동네 동물 병원에 데려가 응급 처치를 한 뒤 임시로 보호하고 있었는데, 평소 이 캣맘과 알고 지내던 아내가 키우겠다며 덜컥 집으로 데려왔다고 형식이는 말했다. 당장 다시 가져다주고 오라고, 나랑 아무 상의도 없이 이게 무슨 일이냐고 형식이는 아내를 다그쳤다. 동물 털 알레르기가 심할 뿐 아니라 평소 결벽증에 가까울 정도로 청결을 중요하게 생각하는 성격이기도 했기 때문이다. 하지만 아내도 물러서지 않았다. 이렇게 만난 것도 인연이라며 어미에게까지 버려져 죽기 직전이었던 아이를 어떻게 다시 내다 버리느냐며 맞섰다. 아이처럼, 가족처럼 생각하고 키우자고도 했다.

"사실 결혼하고 아직까지도 아이가 안 생겨서 나도 스트레스를 받고 있지만 아내에 비할 건 아니긴 하잖아. 내가 장남에다가 3대 독자라 결혼 전부터 처가 쪽에서 반대가 심했는데 애까지 없으니 우리 부모님과 처갓집도 더 서먹해졌고. 평소 같으면 나도 쉽게 고집을 안 꺾고 더 다퉜을 텐데, 이렇게 되려고 그런 건지 그냥 아내 뜻대로 버려진 고양이를 키우기로 했어."

며칠 뒤 주말에 형식이는 아내와 함께 아기 고양이를 데리고 동물병원을 찾았다. 애초에 길에 버려진 고양이였던 만큼 무슨 종인지, 언제 태어났는지, 질병은 없는지 등을 알아보기 위해서였다. 생후 1개월로 추정되는 토종 한국 검은 고양이(턱시도) 수컷. 다른 질병은 없었지만 심한 눈병을 앓은 상태라고 의사는 말했다. 앞을 못 보는 것은 아니지만 일반 고양이들보다는 시력이 좋지 않은 탁한 눈동자를 가진 상태로 평생 살 수밖에 없다고 덧붙였다. 찬찬히 살펴보니 아기 고양이의 눈동자는 실제로 탁하고 흐렸다. 우리가 흔히 보는 고양이의 눈이 아니었다. 몇 가지 예방접종과 검사까지 추가로 하고 나니 비용도 만만치 않았다. 집에 돌아온 형식이는 아내와 함께 아기 고양이에게 '네로'라고 이름을 붙였다. 어렸을 때 즐겨 부르던 노래 「검은 고양이 네로」처럼 멋지고 건강하게 자랐으면 하는 바람을 담았다.

부부의 걱정과 달리 네로는 건강하게 쑥쑥 자랐다. 밥도 잘 먹고, 잠도 잘 자고 대소변도 잘 보면서. 하지만 부부는 끊임없는 화장실 청소, 집 안을 점령해 버린 고양이 털과의 전쟁에 알레르기 약까지 먹어야 했다. 낮엔 자고 밤에 뛰어노는 야행성 동물인 네로의 생체 리듬에 맞추다 잠을 설치는 날도 많았다. 그런데도 네로 때문에 웃음 짓고 네로 때문에 뿌듯한 순간이 적지 않았다며 형식이는 웃었다. 네로의 캣타워를 고르고 사료와 간식, 장난감과 밥그릇, 물그릇을 고르면서 부부의 대화도, 웃음도 더 많아졌다. 일찍 엄마 고양이와 헤어진 네로는 형식이 부부의 품속으로 들어와 잠을 자고 애교를 부리는 '개냥이'였다고 했다. 보통 길고양이들은 한 번에 여러 마리 새끼를 낳는데, 그 중에 약하거나 병이 걸린 새끼는 어미가 일부러 버리는 경우가 많대. 그 한 마리 때문에 다른 새끼들까지 위험에 처할 수 있기 때문이래. 그렇게 그들은 한 가족이 됐다. 그리고 몇 달 뒤 형식이 부부는 다시 '사고'를 쳤다고 한다. 그때 그 캣맘을 통해 길고양이 한 마리를 더 입양한 것이다. 이 부부의 두 번째 고양이는 3개월쯤 된 검정 얼룩이 있는 한국 토종 고양이(역시 길냥이였고 수컷이었다고 한다)였다. 둘째의 이름은 '루시'로 지었다.

형식이를 울린 그 사건은 두 고양이가 함께 생활한 지 한 달쯤 지난 어느 주말 저녁에 일어났다. 저녁을 먹고 다소 나른한 기분으로 TV를 보고 있는데 두 녀석이 거실을 이리저리 뛰어다니며 놀기 시작했다. 그러다가 루시가 주방으로 후다닥 달려가더니 식탁과 밥솥, 싱크대의 정수기를 발판 삼아 냉장고 위로 순식간에 올라갔다. 그런데 뒤따르던 네로는 싱크대 위에서 멈춰 주춤거리더니 하얀 앞발 하나를 조심스럽게 정수기 위쪽에 댔다 뗐다 했다. 그렇게 몇 번을 망설이다가 큰 결심이라도 한 듯 뒤로 물러서 도움닫기를 하고서야 루시가 있는 냉장고 위로 뛰어 올라갔다.

"네로는 왜 저러는 거야?"

"의사 선생님 말씀이 눈을 다쳐서 그런 것 같다고 하시네. 정상적인 고양이도 시력이 좋은 건 아닌데 네로는 심한 눈병을 앓아서 시력이 더 안 좋잖아. 그래서 더 조심스러운 성격인가 봐. 자기는 잘 모르는 것 같은데 네로가 냉장고 위에 올라간 건 오늘 처음이야. 루시가 오기 전엔 아예 올라갈 생각도 안 했는데 그래도 이젠 용기 내서 올라가네."

아내의 말을 듣던 형식이의 눈가에 불쑥 눈물이 고였다. 그러고 보니 저 녀석, 집 안을 돌아다닐 때 항상 습관처럼 조심스럽게 앞발을 먼저 갖다 대곤 했어. 그저 고양이들의 습성인가 했는데, 아니었구나. 하긴 루시는 한 번도 그런 적이 없었네. 그렇구나. 불쌍한 녀석. 형식이의 눈물이 어느새 품 안에서 놀고 있는 네로의 이마 위로 툭 떨어졌다.

"사람이고 동물이고 뭐 다 똑같은 거 같아. 정들고 같이 살고 서로에게 위안과 힘이 되면 그게 가족이지 뭐 별게 더 있겠냐. 요즘엔 오히려 네로랑 루시가 우리 부부한테 더 큰 힘이 되고 기쁨을 주는 존재가 됐어. 가을 되면 네로 돌잔치도 해 줘야지. 너도 올래? 하하."

돌부처 형식이가 귀여운 친구 검은 고양이 네로와, 또 루시와 더 행복하게 잘 살았으면 좋겠다. 가끔씩 울컥 감동의 눈물도 흘리면서 말이다.

누구나 알지만 아무나 못 하는, 글쓰기 비법

「검은 고양이 네로」는 우리 주변에서 적지 않게 볼 수 있는 사례를 토대로 한 소설 같은 글입니다. 실제로 길고양이를 입양하는 가정도 많고, 한 마리를 입양하면 연이어 두 번째, 세 번째 고양이를 입양하는 집도 적지 않습니다. 물론 뭐 고양이나 강아지를 싫어하는 이도 여전히 많지만요. 하여튼 이 글은 글쓴이의 친구 형식이가 길고양이 네로를 입양하면서 겪은 에피소드를 중심으로 다소 뭉클한 이야기를 독자들에게 전달하고 있습니다. 방송가에서는 "3B가 등장하는 프로그램은 무조건 성공한다"라는 속설이 있습니다. 3B는 동물(beast), 아이(baby), 미녀(beauty)인데 그만큼 귀여운 동물이나 아이, 미녀에 대한 대중의 공감과 호기심이 크다는 이야기이기도 합니다.

「검은 고양이 네로」에서는 친구 형식이가 글쓴이에게 입양한 고양이 네로의 이야기를 전달해 주는 형식으로 이야기를 풀어 갑니다. 앞선 다른 글들과 달리 주로 대화체를 이용해 생동감을 살렸다는 특징이 있죠. 누구라도 공감할 만한 애틋한 이야기, 어미에게 버려져 실명할 뻔한 고양이를 가족으로 품은 사연을 현장감 있게 전달하며 독자들의 공감과 감동을 이끌어 내려 합니다. 어떻게 좀 감동적인가요? 하하.

지금까지 글쓰기의 대표적 유형인 요약과 논술, 작문을 실제 사례를 들어 직접 쓰고 설명해 봤습니다. 사실 글쓰기 유형은 요약, 논술, 작문 외에도 여러 가지가 있을 수 있지만 이 세 가지 유형은 가장 기본적이면서도 활용도가 큰 글쓰기인 만큼 반드시 숙련할 필요가 있습니다. 특히 논술과 작문은 어떤 사례를 어떻게 제시할 것인지가 중요합니다. 모든 글쓰기가 그렇지만 해당 글에서 전하고자 하는 메시지나 이야기 흐름을 먼저 정한 뒤 그 목표에 맞는 효과적인 사례를 제시해야 합니다. 논술은 자신의 주장을 뒷받침할 수 있는 사실 관계나 통계 등을 효과적으로 요약해 적절한 위치에 내놓는 것이 중요합니다. 큰 틀에서는 논술의 대상이 되는 이슈에 대해 글의 앞부분에서 요약해 설명하고 해당 이슈의 쟁점이나 논점을 제시한 뒤 내 주장과 그 근거, 반대 주장에 대한 반박 논리를 순차적으로 내놓아야 합니다. 마지막에는 글 전체를 아우르고 결론을 지어 요약하는 게 좋겠죠.

작문은 논술과 달리 글쓴이가 독자들을 끌어들일 수 있는 이야기를 제시하고 그 이야기를 통해 메시지를 전달하는 방식을 취합니다. 당연히 그 이야기가 매력적이고 흥미로워야 효과를 발휘할 수 있습니다. 독자와 상관없는 이야기, 독자가 자신을 대입하거나 몰입할 수 없는 이야기는 바로 외면당할 수 있습니다. 완벽하지는 않더라도 이야기의 전개 과정은 대략적인 기승전결의 구성을 갖추는 게 좋습니다. 독자들의 관심을 불러일으키고 위기나 갈등 혹은 극적 전개 과정을 거친 뒤 클라이맥스나 해결 단계를 거쳐 마무리하는 게 매력적이니까요. 물론 작문은 글의 분량이 얼마나 되는지, 글의 유형이 소설인지 에세이인지 등에 따라 구성 방식도 많이 달라집니다. 어떤 유형의 글을 어떤 기술로 풀어낼지는 전적으로 글쓴이 각자의 경험과 노력, 기호에 달려 있습니다.

지금까지 우리는 글쓰기가 왜 중요하고 어떻게 하면 글을 잘 쓸 수 있는지 함께 알아봤습니다. 어떻게 보면 길고 긴 여정이었고, 또 한편으로는 생각보다 길지 않은 시간이라고 느껴지기도 합니다. 독자 여러분은 어땠나요? "21세기 최첨단 디지털 시대에 웬 글쓰기"냐는 첫 문장에서 지금 여기까지 함께 달려온 느낌 말입니다. 전 시원하기도 하면서 섭섭하기도 하고, 또 처음 생각만큼 알찬 내용을 충분히 담지 못한 것 같아 아쉽기도 하네요. 부족한 부분은 여러분의 조언을 받아 또 보강하고 수정해 나가겠습니다.

우선 지금까지 함께 살펴본 내용을 간략하게 정리해 보겠습니다. 1장에서는 글쓰기가 왜 중요한지, 글을 잘 쓰면 뭐가 좋은지 이런저런 사례를 들어 얘기를 나눠 봤습니다. 글쓰기는 "상대방(혹은 대중)에게 글쓴이가 전달하고 싶은 내용(메시지)을 담아 문자로 정리한 것"으로 정의했습니다. 그리고 전달하고 싶은 메시지를 효과적으로 만들어 내기 위해 필요한 기술이 바로 글쓰기 기술이고요.

글쓰기를 잘하는 사람은 다른 사람과 이야기하거나 강의하고 연설할 때도 조리 있게 말을 잘할 가능성이 큽니다. 하지만 말을 잘한다고 꼭 글을 잘 쓰는 건 아니죠. 물론 잘 쓸 '가능성'은 높습니다. 글을 잘 쓰는 사람은 말도 잘하고, 자신의 생각 역시 조리 있게 잘 정리하는 경우가 많습니다. 이른바 '생각 = 말하기 = 글쓰기' 원칙이죠. 글쓰기를 잘하려면 꾸준한 노력과 성실함, 시행착오를 견뎌 내는 인내가 필요합니다. 어느 것도 쉽게 얻을 수 있는 건 없죠. 이런 노력의 과정을 거쳐 글쓰기 능력을 갖추면 많은 것을 얻을 수 있습니다. 글쓰기를 잘한다는 것은 다른 사람과의 커뮤니케이션(소통) 능력이 높아지는 것입니다. 다른 사람과의 소통은 단순히 혼자 말하고 글 쓰는 능력이 아니라, 다른 사람의 말과 글도 잘 듣고, 잘 읽은 뒤 효과적으로 요약해 피드백을 주는 과정입니다. 글쓰기 능력이 높아지면 자연스럽게 이런 소통 능력이 높아지죠. 소통 능력이 좋은 사람은 자신이 속한 조직이나 단체, 집단에서 좋은 평가를 받고 성과를 낼 가능성도 높아집니다.

2장에서는 그렇다면 어떻게 글을 잘 쓸 수 있을지에 대해 이야기를 나눴습니다. 먼저 글쓰기 5대 비법을 사례를 들어 살펴봤죠. 함께 기억을 더듬어 볼까요? 글쓰기 5대 비법은 ① 문장은 최대한 짧게 써라, ② 무조건 쉽게 써라, ③ 수동형 표현은 쓰지 말아라, ④ 수식어를 최소화해라, ⑤ 줄일 수 있는 건 모두 줄여라입니다. 이와 함께 글쓰기를 잘하려면 다른 사람들이 이미 써 놓은 좋은 글을 최대한 많이 읽고 따라 써야 한다는 점도 강조했습니다. 모방은 창조의 어머니이니까요. 요약 역시 매우 중요한 글쓰기 기술이어서 글을 잘 쓰기 위해서는 꼭 터득해야 하는 기술입니다. 글을 쓸 때 ① 사실(실제로 있었던 일이나 현재 있는 일), ② 의견(어떤 대상이나 현상에 대해 갖고 있는 생각), ③ 주장(자신의 의견이나 주의를 굳게 내세움)을 구분하고 적재적소에 잘 배치하는 능력도 글쓰기의 필수 기술 가운데 하나입니다.

이 책에서는 글쓰기의 유형을 소설, 시, 평론 등의 장르가 아니라 ① 요약, ② 논술, ③ 작문 등 세 가지 유형으로 나누고 유형별 핵심 글쓰기 전략을 소개했습니다. 이 책의 목표는 특정 장르의 글쓰기에 대해 도움을 주기보다 일반적인 글쓰기 능력을 키우고 이를 바탕으로 글쓰기 역량을 키워 각자 원하는 장르의 글쓰기를 할 수 있도록 도움을 주는 것이기 때문입니다.

요약은 전체 글의 핵심 내용과 메시지를 파악한 뒤 군더더기를 제거하고 쉽고, 짧게 쓰는 게 중요합니다. 논술은 ① 사실 관계 요약, ② 쟁점이나 논점 제시, ③ 내 주장과 근거 들기, ④ 반대 주장에 대한 반박 논리 제시, ⑤ 결론적 주장의 순서로 논리를 전개해야 하죠. 작문은 자신이 갈고닦은 모든 글쓰기 기술을 동원해 자신만의 스토리텔링 스타일을 만들어 독창성을 가질 때까지 끊임없이 노력하는 의지가 필요합니다. 독자들에게 제공하는 이야기는 가능한 한 많은 사람이 공감하고 자기 자신을 대입하면서 몰입할 수 있는 것이어야 하겠죠.

3장은 2장에서 제시한 세 가지 글쓰기 유형인 요약, 논술, 작문의 예시문을 토대로 직접 고치거나 제시한 예시문을 분석하고 설명하는 방식으로 구성했습니다. 이른바 실전 연습 단계였죠.

이 책에서 여러분에게 말한 내용이 '글쓰기 고수'로 가는 모든 비법을 담고 있다고 생각하지는 않습니다. 하지만 '나도 글을 한번 잘 써 보고 싶다' 하는 의지는 있지만 어디서, 무엇부터 시작해야 할지 모르던 분들, 내가 쓴 글의 어떤 부분을 고치면 나아질 수 있을지 고민하던 분들에게는 적지 않은 도움이 될 만한 내용이 그래도 꽤 담겨 있다고 생각합니다. 사실 저는 글쓰기에도 정답이 있다고 개인적으로 생각합니다. 특히 요약이나 논술과 같은 유형의 글은 더욱더 그렇죠. 좀 더 크게 보면 작문도 마찬가지입니다(물론 제 개인적인 견해입니다). 앞에서도 언급했지만 그래서 유명 작가, 인기 작가는 글쓰기의 바른길과 정답을 익히고 자유자재로 구사하는 사람이라고 생각합니다. 운동에서도 가장 중요한 게 기본 동작이죠. 군더더기 없는 정확한 동작을 익힌다면 대부분 잘할 수 있습니다.

다시 한번 강조해 보겠습니다. 왜 운동의 기본 동작이든, 글쓰기의 기술이든 많은 사람이 다 공개하고 있지만 실제로 뛰어난 운동선수나 작가는 극소수인 것일까요? 네, 그렇습니다. 끊임없는 노력과 연습, 시행착오를 이겨 내야만 가능한 일이기 때문입니다. 물론 어느 정도 타고난 재능의 차이도 있을 수 있습니다. 하지만 정말 해 보겠다는 의지로 노력한다면 적어도 일정 수준 이상의 높이로 올라갈 수 있습니다. 적어도 글쓰기에서는 가능합니다.

저는 이 책이 독자 여러분이 글쓰기 고수로 가는 첫걸음이자 계기이길 바랍니다. 이 책에서 제시한 내용은 어떻게 보면 가장 필수적인 글쓰기 기술의 기본기들입니다. 바꿔 말하면 이 책에 나온 내용을 마스터하지 않고 더 높은 수준의 글쓰기를 할 수는 없습니다. 이 책의 내용을 읽

누구나 알지만 아무나 못 하는, 글쓰기 비법

고 쓰고, 또 읽고 쓰고, 완전히 여러분의 것으로 만들었으면 합니다. 글쓰기 마스터가 되려면 이 책에 나온 기본기를 토대로 꾸준한 노력과 연습을 거쳐 다양한 중급, 고급 기술을 익히고 활용할 수 있도록 숙련하는 과정을 반드시 거쳐야 합니다. 이 책의 첫 장부터 여기까지 읽은 이라면 이미 글쓰기 마스터로 가는 첫걸음을 호기롭게 내디딘 것이라고 저는 생각합니다. 제가 여러 차례 강조한 성실함과 시행착오, 노력, 인내의 과정을 거쳐 모두 글쓰기 마스터가 되길 진심으로 기원합니다. 마지막으로 짧지만 재미있는 에피소드 하나 소개합니다.

[글쓰기는 중요하다]

남자 자기야 내가 엄청 재밌는 얘기 해 줄까?

여자 뭔데?

남자 내가 사는 아파트가 바로 산 밑에 있잖아. 근데 사람들이 아파트 현관문을 잘 안 닫고 다니거든. 근데 가을, 겨울 되면 춥잖아 현관문 열어 놓으면. 주민들이 불만을 제기하니까 경비실에서 현관문에 "문을 열어 놓으면 낙엽과 찬 바람이 들어오니 꼭 닫아 주세요"라고 써 붙였거든. 근데 뭐 효과가 없었어. 뭐 주민 절반 이상은 신경도 안 쓰고 열어 놓고 다니더라고. 근데 현관문 문구를 추운 겨울에 한번 바꾼 뒤로는 거의 대부분의 주민이 꼭 문을 닫고 다녀. 뭐라고 바꾼 줄 알아?

여자 음, 글쎄 뭐라고 바꿨는데?

남자 이렇게 바꿨어. "현관문을 열어 두면 쥐와 바퀴벌레가 들어옵니다." 하하.

이렇게 글쓰기가 중요합니다. 하하하. 그럼 다음 기회에 또 뵙기를 기대하겠습니다.

지은이

이상록과 이상우는 서울 목동에서 나고 자란 세살 터울의 형제로 글을 쓰며 살고 있다.

형 이상록

대학에서 신문방송학, 미디어를 전공한 뒤 20여 년 넘게 미디어 산업 분야에서 일하며 취재와 글쓰기, 영상 콘텐츠 만들기 등을 하며 살아가고 있다. 서울신문, 한겨레, 동아일보에서 15년 동안 사회부, 정치부, 경제부, 국제부 기자로, tvN에서 8년 가까이 시사교양, 다큐 프로그램을 만드는 CP(책임프로듀서)로 일했다. 현재는 정부 중앙부처인 국민권익위원회 홍보담당관으로 새로운 도전을 하고 있다. 농구 마니아에 언론학 박사다.

동생 이상우

대학에서 국어국문학을 공부하고 말과 글로 스스로를 표현하며 살아왔다. 서울 대치동과 목동 학원가, 서울의 주요 특목고, 일반고 등에서 입시논술과 독서 및 국어를 가르쳤다. 현재 서울 목동과 김포 고촌에서 '사고력교육센터'를 운영하고 있다. 누구라도 진심으로 배우고 익히면 자기만의 진리를 깨달을 수 있다고 믿는다.

누구나 알지만 아무나 못 하는,

글쓰기 비법

삶을 바꾸는 글쓰기

ⓒ 이상록·이상우, 2020

지은이 **이상록·이상우**
펴낸이 **김종수**
펴낸곳 **한울엠플러스(주)**
편집책임 **최진희**
편집 **정은선**

초판 1쇄 인쇄 **2020년 11월 5일**
초판 1쇄 발행 **2020년 11월 20일**

주소 **10881 경기도 파주시 광인사길 153 한울시소빌딩 3층**
전화 **031-955-0655**
팩스 **031-955-0656**
홈페이지 **www.hanulmplus.kr**
등록번호 **제406-2015-000143호**

Printed in Korea.
ISBN 978-89-460-6982-4 03800(양장)
       978-89-460-6983-1 03800(무선)

* 책값은 겉표지에 표시되어 있습니다.